NONSOLO

Maurizio Fiorino

K.O.

ROMAN

Aus dem Italienischen von
Christiane Burkhardt

NONSOLO

K.O.

Erste Auflage, September 2023

Titel der italienischen Originalausgabe: *Macello*

Lektorat: Irene Pacini
Satz und Layout: WOERDESIGN

K.O. wird als dritter von fünf Romanen im Rahmen des Projekts *Identität und Diversität in der italienischen Gegenwartsliteratur* veröffentlicht, welches als Teil des *Creative Europe Programme* (CREA) von der Europäischen Union gefördert wird.

Die Arbeit der Übersetzerin am vorliegenden Text wurde dankenswerterweise im Rahmen des Programms *Neustart Kultur* aus Mitteln der Beauftragten der Bundesregierung für Kultur und Medien vom Deutschen Übersetzerfonds gefördert.

Deutscher Übersetzerfonds

NEU START KULTUR

MIX Papier | Fördert gute Waldnutzung FSC® C083411

Klimaneutraler Druck firstclimate

Printed in Germany
ISBN 978-3-947767-11-3

Für meinen Vater

Als sie kamen und sagten, mein Vater, der Dorfmetzger, sei verschwunden, blieb von den vielen Erinnerungen, die mich plötzlich bestürmten, vor allem eine hängen, die ich, warum auch immer, in den hintersten Winkel meines Gedächtnisses verbannt und dort belassen hatte. Es war 1983, ich war zehn, fast elf, als er mir eine Pistole in den Schoß legte, um mir zu zeigen, dass man keine Angst haben darf – in der für ihn typischen, umständlichen Art, Sachen so zu erklären, dass sie einen erst recht verwirren.

Ich verbrachte meine Zeit im Hinterzimmer seiner Metzgerei, boxte auf die Kadaver der Tiere ein, die er gerade geschlachtet und vor dem Ausbeinen an stählernen Deckenhaken aufgehängt hatte.

An diesem Morgen überraschte er mich von hinten und packte mich an der Schulter. Als ich mich umdrehte, sah ich ein dermaßen angsteinflößendes Augenpaar, dass ich nicht einmal mehr zu atmen wagte.

Ich begriff nicht gleich, was er sagte. Der Motor der Kühlzelle war so laut und das Hinterzimmer so klein, dass man sich wie im Innern eines Panzers fühlte.

Als er sah, wie ich erstarrte, wurde er noch gereizter, nahm meinen Kopf in beide Hände und brüllte, ich solle ihm folgen. Dann schlug er mit der Faust gegen die Metallwand der Kühlzelle und eilte genauso aufgebracht davon, wie er gekommen war.

Mir blieb nichts anderes übrig, als alles stehen und liegen zu lassen, mir die blutbeschmierten Hände an der kurzen Hose abzuwischen und ihm hinterherzueilen.

Einige Minuten zuvor hatte ein Zigeuner[1] die Metzgerei betreten und im Dialekt lauter unanständiges Zeug gebrüllt. Mein Vater versuchte zunächst, höflich zu bleiben, zwischen den Beleidigungen zu Wort zu kommen, ließ es dann aber irgendwann bleiben und gab auf.

Viel verstand ich nicht, nur dass der Besucher ihm vorwarf, sich bei seiner Ehefrau „zuviel rausgenommen" zu haben – genau so drückte er sich aus.

Durch das Gebrüll neugierig geworden, steckte ich den Kopf durch den Plastikvorhang, der das Hinterzimmer von der übrigen Metzgerei trennte, und sah wie mein Vater, halb fassungslos, halb belustigt, hilflos die Arme ausbreitete und anschließend grinste – etwas, das er sonst nie tat. Das beruhigte mich.

Doch als ich bereits glaubte, das Missverständnis wäre geklärt, sammelte der Mann all seinen Speichel und spuckte gegen die Glasvitrine.

Sofort änderte sich der Gesichtsausdruck meines Vaters, er hörte auf zu grinsen, und seine Kiefermuskeln mahlten. Sein Blick folgte dem Mann, der die Metzgerei verließ.

Als ich an der Vitrine vorbeiging, musterte ich aus den Augenwinkeln die dreiste Hinterlassenschaft: ein widerlicher, wässriger weißer Schleim, der sich so langsam wie ein Trauerzug Richtung Boden bewegte. Obwohl seine Größe überschaubar war, hatte er eine verheerende Wirkung: Es sah aus, als hätte die Vitrine einen Sprung.

Draußen kam man fast um vor Hitze, es war Hochsommer, und auf der Straße war niemand zu sehen. Alle waren am Meer.

Wir stiegen ins Auto und fuhren bis La Scafandra am Dorfrand, wo die Zigeuner lebten. Nachdem er die Handbremse angezogen hatte, holte mein Vater eine Pistole aus dem Handschuhfach. Er zögerte kurz und legte sie dann auf die knochigen Höcker

---

1 Siehe Anmerkung der Übersetzerin auf Seite 135.

meiner unansehnlichen Kinderknie. Obwohl seitdem viele Jahre vergangen sind, habe ich sie als das Kälteste in Erinnerung, das meinen Körper je berührt hat.

Er befahl mir, im Auto zu warten, öffnete dann die Wagentür und stieg aus.

Ich sah, wie er auf einen Mann zuging. Der hatte einen dunkleren Teint als wir und trug eine Augenklappe. Innerhalb kürzester Zeit hatte sich mindestens ein Dutzend Zigeuner um die beiden geschart, darunter auch derjenige, der in unserer Metzgerei gewesen war.

Sie redeten aufgebracht, erst mein Vater, dann der andere, daraufhin wieder mein Vater ...

Der Mann mit dem dunklen Teint rührte sich nicht von der Stelle, er hatte die Arme verschränkt. Er hörte zu, ohne den Mund aufzumachen, kratzte sich erst am Ellbogen und dann am Bauch. Schließlich richtete er das einzige Auge, das ihm noch geblieben war, auf mich, und unsere Blicke trafen sich.

Gleich nachdem er mich bemerkt hatte, legte er dem Schleimbatzenspucker eine Hand auf die Schulter und flüsterte ihm etwas ins Ohr. Kurz darauf drückte dieselbe Hand die meines Vaters und damit war aus meiner Sicht alles friedlich geklärt.

Er kehrte zum Auto zurück, und wir fuhren davon. Auf halber Strecke räusperte er sich und zündete sich eine Zigarette an, ohne mich auch nur ein einziges Mal anzuschauen. Da nahm ich die Pistole in die Hand, die ich bisher noch nie angefasst hatte, und hob sie auf Brusthöhe.

Er drehte sich kaum und sagte: „Was machst du da für einen Scheiß mit der Pistole? Leg sie wieder dorthin zurück, wo sie war, wo sie hingehört." Er zeigte aufs Handschuhfach.

Ich gehorchte. Dann bestaunte ich den Sommer vor dem Autofenster. Die Getreidefelder, die bis zum Horizont reichenden Äcker und schließlich das alte Dorf oben auf dem Berg. In diesem Moment sah es so aus, als würde gleich alles in Flammen aufgehen.

Kaum waren wir wieder in der Metzgerei, zog mein Vater den Arbeitskittel an, den er bei seinem überstürzten Aufbruch auf dem Boden hatte liegen lassen, und ich boxte weiter.

Doch ich fand keine Ruhe. Ich verspürte den Drang, mir wieder diesen Spuckebatzen anzuschauen, der es gewagt hatte, meinen Vater zu provozieren. Ich riss ein Stück Zeitung ab und tränkte es mit Alkohol, doch als ich vor der Vitrine stand, merkte ich, dass er fort war.

„Was machst du da?"

„Ich wollte saubermachen."

„Da gibt's nichts sauberzumachen."

Wieder im Hinterzimmer starrte ich lange auf meinen sich in der Metallwand der Kühlzelle spiegelnden Körper. Dank dieses Spuckebatzens war mir etwas bewusst geworden. Etwas, was ich damals nicht näher hätte benennen können, was mich aber für immer dazu zwingen sollte, manche Momente im Leben so wahrzunehmen, wie ich mich in diesem Augenblick selbst wahrnahm – völlig verzerrt und kaum wiederzuerkennen.

So gern ich auch das Gegenteil behaupten würde: zu sagen, mein Vater sei ein schöner Mann, wäre dreist gelogen. Mein Vater war von einer erschreckenden Hässlichkeit.

Er hieß Bruno, aber im Dorf nannten ihn alle nur „den Metzger".

Einige, mit denen er mehr Kontakt hatte, nannten ihn *„il brigante"*, da er als Kind davon träumte, ein Bandit zu sein und frei in den Bergen zu leben, wie er mir mal erzählte. Nur meinetwegen hatte er darauf verzichtet.

Er war erst siebzehn, als er Vater wurde, und sah aus wie ein Gespenst: Er war dünn wie ein Blatt Papier.

Hals, Arme, Finger waren klapperdürr, die Nase lang wie ein Vogelschnabel. Er hatte eine kleine Narbe im rechten Mundwinkel, unweit der Wange, und eine noch tiefere an der Augenbraue.

Sein ganzer Körper war von einer inneren Unruhe erfüllt. Die stets straff gespannte Haut voller geplatzter Äderchen schien einen weiteren Körper zu enthalten, der in ihm gefangen war und den ich mir schöner vorstellte, ein Körper, der herauswollte und schrie, sich aber einfach nicht befreien konnte.

Von meiner Mutter gab es bei uns zu Hause kein einziges Foto. Nur einmal fragte ich Vater danach.

Der warf mir einen Blick zu, den ich später nie mehr an ihm sehen sollte. Er schaute durch mich hindurch, als wäre ich ein Gespenst oder als staunte er, dass ich überhaupt in der Lage war, mir über Nichtvorhandenes einen Kopf zu machen. Er antwortete mir nicht, und ich sollte ihn nie wieder danach fragen.

Ich habe meine Mutter nur so kurz gekannt, dass ich mich

nicht mehr an sie erinnern kann. Ich weiß nur noch, dass sie Lucia hieß und vor meinem ersten Geburtstag bei einem Autounfall starb.

Meine Geburt und ihr Tod hatten nichts miteinander zu tun, auch wenn ich immer gedacht habe und heute noch denke, dass mein Vater vom genauen Gegenteil überzeugt war und ich ihn an jedem Tag seines Lebens schmerzlich daran erinnerte, dass er mit achtzehn ein Brigante hatte sein wollen, doch stattdessen Vater und Witwer geworden war, jemand der innerlich tot ist.

Eines Morgens, es wurde gerade Herbst, taufte man mich auf den Namen seines Bruders Biagio.

Soweit ich mich erinnern kann, war ich als Kind von ansteckender Fröhlichkeit. Ich hatte mehrere Ticks und einige haben mich, wenn auch in abgeschwächter Form, bis ins Erwachsenenleben begleitet, ja im Grunde bis heute. Ich lachte, ich lachte ständig, auch in unpassenden Momenten, und wenn ich mich aufregte, brüllte ich nicht, sondern rieb mir die Hände, als klebten Krümel daran, während zu meinen Füßen ein Schwarm hungriger kleiner Vögel wartete.

Das Dorf, in dem ich geboren bin, hörte irgendwann auf zu existieren und wurde unter solchen Regenmassen begraben, dass es sich in ein Geisterdorf verwandelte. Ich war fünf, als es zu regnen begann und tagelang nicht mehr aufhörte. Nach einer Woche gerieten die Häuser am Hang ins Rutschen, gleich darauf die nächsten, dann die dahinter und immer so weiter. Bis wir eines Tages mit dem Hubschrauber abgeholt und in einer Straße mit lauter leeren Gebäuden abgesetzt wurden, in dem, was nun das neue Dorf, Bagnamurata, sein sollte – ein Fleckchen Erde, das weder am Meer noch im Hinterland lag. Es sah aus, als wäre es zwischen zwei Bergen stecken geblieben.

„Kannst du dort oben unser Haus sehen?“, fragte mich mein Vater eines Morgens. „Schau nur, es ist verschwunden. Eines Tages werde auch ich ohne jede Vorwarnung verschwinden.“

Daraufhin brach er in lautes Gelächter aus, in das ich mit einfiel, um ihn nachzuahmen.

Ich wurde von einer Frau großgezogen, die in ihrer Freizeit magische Rituale praktizierte.

Sie hieß Lia und wohnte unter uns im Erdgeschoss, ihre Wohnung stank nach der Chlorbleiche, mit der sie jeden Tag die Böden wischte. Sie behauptete, die Verhexten, die sie aufsuchten, brächten den bösen Blick mit und verteilten ihn überall wie Staub auf dem Boden.

Die Verhexten waren überwiegend Frauen.

Sie kamen nach dem Mittagessen, wenn man Kaffee zu trinken pflegte, und nannten ihr den Grund ihres Besuchs. Nachdem Lia sie angehört hatte, füllte sie eine Schüssel mit Wasser, gab einen Teelöffel Öl hinein und wartete stumm. Breitete sich das Öl aus, hieß das, dass sie verflucht waren. Dann sagte sie leise eine Litanei auf, die ich nicht verstand, bis sie schließlich die Schüssel nahm und ihren Inhalt auf die Straße kippte.

Mehr als nur einmal befahl sie mir, mich nicht von der Stelle zu rühren, denn der böse Blick befalle den Ersten, der darauf trete. Sie versteckte sich hinter der Gardine des einzigen Fensters zur Straße und wartete darauf, dem Pechvogel ins Gesicht zu sehen.

Vielleicht war das der Grund, warum unsere Straße stets verlassen dalag.

Nachmittags schlief ich trotz des ständigen Kommens und Gehens auf ihrem Wohnzimmersofa ein. Wenn Lia gerade keine Flüche bannte, schaltete sie das Radio ein und ließ sich in einen Sessel mit Plastikschonbezug sinken.

Sie sprach ausschließlich Dialekt. Hin und wieder besuchte sie ein Mann, der älter war als sie. Er hieß Alberto. Kaum war er in der Wohnung, stellte er Tüten mit Gemüse auf den Küchentisch, um sich dann mit Lia im Schlafzimmer einzuschließen. Wenn sie dann wieder ins Wohnzimmer kamen, setzte sie sich auf ihren Stammplatz, den Sessel, während er grußlos verschwand.

„Er bringt mir die Einkäufe", sagte sie einmal, als ich sie länger als angebracht anstarrte.

War mein Vater zu Hause, verbrachte er endlose Minuten eingeschlossen im Bad, und manchmal spionierte ich ihm nach. Das Bild, das sich mir bot, war immer dasselbe: Er saß auf dem Klo und starrte ins Leere. Manchmal stand er auch vor dem Spiegel und kämmte sich zwanghaft. Er besaß einen Taschenkamm aus weißem Horn, der einmal seinem Vater gehört hatte.

Als ich ihn eines Nachmittags nachahmen wollte, fuhr ich mir damit durchs Haar, doch der Kamm verfing sich in meiner Krause. Daraufhin riss ich ihn mit Gewalt heraus, und er brach entzwei. Ich steckte eine Hälfte ein und kehrte damit in mein Zimmer zurück.

Als mein Vater es merkte, trat er so lange gegen das Schränkchen neben der Dusche, bis es zertrümmert war. Kurz darauf sah ich seinen Schatten hinter meiner Zimmertür.

Er blieb eine Weile dort stehen und ging dann ins Wohnzimmer, fluchte und verließ türenknallend das Haus.

Seit diesem Tag hörte er auf sich zu kämmen, und ich begann, mir bei Angst in die Hose zu machen.

Bagnamuratas Hauptstraße, die Via dei Cigni, war nur ein paar Dutzend Meter lang. Neben der Metzgerei meines Vaters gab es noch einen Lebensmittelladen, den Herrenfriseur, den Milchladen und ein Geschäft für Zeitschriften und Schreibwaren. Eines der zwei Lokale im Dorf, das am besten besuchte, war die Bar La Catanese. Dann gab es noch einen Tabakladen mit Bar in einer versteckten Gasse: Wir nannten ihn „das Hollywood". Daneben lag ein Kino, das Apollo, und am Ende der Straße befand sich die einzige Schule: eine Grund- und Mittelschule.

Das Dorf lag in einer Senke. Im Sommer kam man schier um vor Hitze, und so was wie Winter war hier gänzlich unbekannt.

Wenn wir nach oben schauten, sahen wir einen Streifen Himmel, einen schmalen Spalt für die einzige Frischluftzufuhr. Jeder Windstoß blies uns den Staub des alten Dorfes ins Gesicht. Dann hoben wir alle den Blick. Die Alten meinten, das wären die Toten, die uns grüßten.

Mein Vater und ich wohnten neben dem Kino, in der zweiten Etage eines zweieinhalbgeschossigen Gebäudes. Das letzte Stockwerk war nie fertig gestellt worden. Wenn ich abends einschlief, hörte ich die Stimmen der Schauspieler, und obwohl ich wusste, dass sie aus dem Kino kamen, liebte ich es, mir vorzustellen, sie wären Geister, die in dem verlassenen Stockwerk über uns lebten.

Die Wohnung, die uns die Gemeinde zugewiesen hatte, war größer als die im alten Dorf. Es gab zwei Schlafzimmer, in einem schlief mein Vater, während das andere, halb so große, mir gehörte. Dann gab es noch das Bad, das Wohnzimmer und die Küche mit einem Balkon über der Haustür.

Mein Vater stand jeden Morgen bei Tagesanbruch auf, um zum Schlachthof zwischen dem alten und dem neuen Dorf zu fahren, gleich hinter La Scafandra und noch vor dem Friedhof.

Um sechs hörte ich, wie er ins Waschbecken spuckte: Das hieß, dass er sich soeben die Zähne geputzt hatte. Dann trank er einen Kaffee und verließ das Haus.

Keine Ahnung, warum wir allein in Bagnamurata wohnen blieben. Seine Familie stammte ursprünglich aus Sizilien. Er hatte meine Mutter in den Sommerferien kennengelernt, sich in sie verliebt und sich mit ihr verlobt. Alles, was ich über meinen Vater weiß, weiß ich aus seinen Gesprächen mit den Metzgereikunden.

Er war der Sohn eines Maresciallo, ein deutlich schönerer Mann als er, zumindest fotogener. Im Wohnzimmer gab es ein Foto, das ihn strammstehend in einer dunklen Uniform mit kleinen, glänzenden Knöpfen, Fransen an den Schultern und Brustabzeichen zeigte.

Mein Vater hatte nicht viel von ihm. Aber die Augen waren die gleichen, groß und hell. Er war in etwa genauso alt wie mein Opa auf dem Foto und wirkte dennoch wie ein älterer oder missratener Bruder. Ich war stets fest davon überzeugt, dass mein Vater ein Doppelleben führte, denn selbst wenn man der unglücklichste Mensch auf der ganzen Welt ist, muss einen die Vorstellung von Glück, und sei es nur für einen kurzen Moment, doch irgendwie reizen.

Irgendwann tauchte eine Frau bei uns auf.

Sie hieß Elsa, unterrichtete Italienisch, Geschichte und Erdkunde an der Mittelschule von Nidiace, ein Dorf am Meer, etwa vierzig Minuten mit dem Auto von Bagnamurata entfernt.

Wie alle richtete auch Elsa nur selten das Wort an mich. Nicht weil sie mich nicht mochte, sondern aus einer gewissen Verlegenheit heraus. Sie sprach in der dritten Person von mir, auch wenn wir im selben Zimmer waren. Wollte sie mich etwas fragen, wandte sie sich an meinen Vater, als wäre ich eine Art Erweiterung seines Körpers.

Nach einigen Wochen beidseitiger Schüchternheit begann sie mir Geschenke zu machen. Sie betrat mein Zimmer, wenn ich gerade nicht da war, legte sie auf den Nachttisch und ließ die Tür beim Hinausgehen angelehnt.

Sie schenkte mir den ein oder anderen Comic, eine Fliege, ein Buch über Maler des 19. Jahrhunderts und einen Band mit Texten klassischer Autoren von der Antike bis heute für das neunte Schuljahr.

Am Ende des Sommers als ich zwölf war, sagte ich zu meinem Vater, ich wolle Metzger werden und daher so bald wie möglich von der Schule abgehen. Er musterte mich von Kopf bis Fuß und meinte: „Tu, was du nicht lassen kannst“, um mich dann eines Morgens mit zum Schlachthof zu nehmen. Wir gingen gemeinsam hin, er, Elsa und ich, nachdem wir in der Bar La Catanese gefrühstückt hatten.

Im Auto scherzte mein Vater mehrmals, Elsa habe sich für den Schlachthof viel zu chic angezogen. Sie lachte hinter vorgehaltener Hand. Irgendwann zerzauste er ihr Haar, und der Wagen geriet ins Schlingern. Ich befürchtete, er würde einen Tobsuchtsanfall bekommen, stattdessen lenkte er gegen und lachte erneut.

Das war eines der seltenen Male, die ich ihn scherzen sah.

Weil Sonntag war, der Tag, an dem man die Toten besucht, hielten wir vor dem Friedhof. Wie kauften Margeriten, die Lieblingsblumen meiner Mutter, und brachten sie zum Grab.

Elsa wartete im Auto auf uns. Als wir zurückkehrten, fanden wir sie vor dem Rückspiegel vor, wo sie ihr Make-up überprüfte. Als sie uns sah, entschuldigte sie sich für diese eitle Geste.

Wir schwiegen während der ganzen Fahrt. Beim Schlachthof fühlte ich mich sofort unwohl.

Ich hatte mir diesen Ort oft ausgemalt. Mein Vater zog sich gern dorthin zurück, und mir war er heilig. Doch er bestand nur aus einer offenen Halle mit lauter schmutzigen Verschlägen, in die die Tiere bis zum Schlachten hineingepfercht wurden.

„In seinem Alter habe ich Stiere durch Bolzenschüsse in den Kopf getötet", hörte ich meinen Vater zu einem anderen Metzger sagen, der vermutlich gefragt hatte, was ich hier wolle.

Ich sah, wie er sich Hemdsärmel und Hose hochkrempelte. Als er zu Elsa ging, um ihr einen Kuss zu geben, schlug sie die Hand vor den Mund und lachte nervös. „In diesem Aufzug siehst du aus wie ein Seemann", sagte sie und krempelte ihm die Ärmel weiter hoch, dann traten sie und ich beiseite.

An diesem Vormittag sahen wir zu, wie mein Vater einige Kälber und zahlreiche Schweine schlachtete. Er betäubte sie durch einen Stromschlag, dann stellte er sich rittlings über sie und schnitt ihnen lachend die Kehle durch.

Ich war entsetzt, tat aber so, als wenn nichts wäre, ich wollte nicht kindisch wirken.

Gegen Mittag stiegen wir wieder ins Auto und hielten bei einem zwischen Feldern versteckten Restaurant. Die morgendliche Gelassenheit war der üblichen düsteren Miene meines Vaters gewichen.

Wir wechselten kaum ein Wort. Ab und zu lächelten sich Elsa und er an. Irgendwann, gegen Ende des Essens, verschränkten sie die Finger. Anschließend stand er abrupt auf und ging zahlen.

Da richtete Elsa zum ersten Mal das Wort an mich. „Dein Vater ist extrem launisch."

Ich erwiderte nichts darauf. Wenn auch verlegen, schaute ich ihr direkt in die Augen.

„Ich habe gesehen, dass du nichts mit den klassischen Autoren anfangen kannst", fügte sie hinzu. „Ich auch nicht, obwohl ich sie unterrichte."

Instinktiv sah ich zum riesigen Fenster, das auf die Landschaft hinausging. Ich konnte den Blick auf ein Stück Himmel und die sich im Wind wiegenden Wildblumen erhaschen.

„Hier, du hast bald Geburtstag, und ich kann euch vor nächster Woche nicht besuchen. Jetzt beginnt die Prüfungszeit, weißt du."

An diesem Abend hatte Elsa, bevor sie nach Nidiace zurückkehrte, an meine Zimmertür geklopft, um mir ein kleines rotes Päckchen zu geben.

„Sag, ob es dir gefällt." Sie legte es aufs Bett.

„Jetzt gleich?"

„Ja, jetzt gleich, warum nicht?"

Ich hatte noch nie vor jemand anders ein Geschenk ausgepackt. Es war mir unangenehm. „Was ist das?"

„Mach's auf, dann siehst du's", erwiderte sie und setzte sich neben mich.

Ich riss es einfach auf. Darin befanden sich ein blaues Hemd mit hauchdünnen weißen Streifen und ein Buch.

Noch bevor ich etwas sagen konnte, räusperte sich Elsa. „Mir ist aufgefallen, dass du das Buch über die Maler, das ich dir das letzte Mal mitgebracht habe, kaum aus der Hand legst. Und da dachte ich, das könnte dir auch gefallen. Es geht um die Kunst der griechischen Antike. Weißt du, was das ist?"

Ich schüttelte den Kopf. Vorn auf dem Einband war der gesprungene Kopf einer Statue zu sehen. Man sah nur das Kinn, die Lippen und ein Stück Nase.

„Kaum habe ich es entdeckt, habe ich an dich gedacht."

„Wo ist der Rest von dem Gesicht?"

Elsa zögerte kurz.

„Vielleicht hat man den Kopf ja so gefunden, viele Statuen

lagen jahrhundertelang unter der Erde und waren stark mitgenommen. Oder man hat sie aus dem Meer geborgen."

„Und im Meer sind sie von den Fischen gefressen worden?"

Elsa musste lachen, und schon hatte ich das Gefühl, dass sie sich über mich lustig machte. Dann griff sie nach dem Buch und blätterte darin.

„Es gibt auch Texte zu den einzelnen Statuen. Gefällt es dir?"

Ich nickte nur, ohne ein einziges Wort der Anerkennung.

„Dann sag Danke."

Wir umarmten uns kurz, und ich bedankte mich leise. Als wir uns wieder voneinander lösten, fuhr sie mir durchs Haar, versuchte es so zu zerzausen, wie mein Vater es am Vormittag bei ihr gemacht hatte. Doch anders als seines war meines kraus und strohig. Da strich Elsa mir über die Wange.

„Du weißt, dass er dich gernhat oder? Auf seine Art, aber er hat dich gern", behauptete sie.

Ich senkte den Blick und entzog mich dieser letzten Liebkosung, anschließend wünschte ich ihr Gute Nacht.

Als ich dreizehn wurde, kam mein Vater ins Hinterzimmer des Ladens und hielt mir einen kurzen Vortrag. Der ging ungefähr so: „Du bist jetzt groß, und wenn du bald nicht mehr zur Schule gehen willst, musst du einen Beruf erlernen, schau her."

Er griff zum Ausbeinmesser, das länger und dünner war als die, die er normalerweise vor Kunden verwendete, und ging damit um das Schwein herum, das er vor ein paar Tagen geschlachtet hatte.

Er suchte nach einem bestimmten Punkt und rammte die Klinge ins Fleisch, bewegte die Hand mit einer Anmut, die ich nur selten an ihm sah.

An diesem Tag wurde mir klar, dass seine einzigen zärtlichen Momente toten Tieren vorbehalten waren.

Als er seine Arbeit fast beendet hatte, reichte er mir das Messer. „Zeig mal, was du kannst."

Ich trat einen Schritt zurück und sagte, ich könne das nicht. „Ich bin nicht so gut wie du", rutschte es mir heraus.

Er hatte sich gerade eine Zigarette angezündet und stemmte die Hände in die Hüften. „Irgendwo musst du ja anfangen", meinte er.

Ich senkte den Blick und starrte zu Boden. Ich hörte, wie er meinen Namen sagte, fragte, warum ich mich weigere. „Ich habe Angst", gestand ich.

„Wovor? Das Tier ist tot."

„Ihm weh zu tun."

Mein Vater zog erneut an der Zigarette, stellte sich dann wieder vor das Schwein und stach ohne jede Anmut auf es ein.

„Bevor sie sterben, pissen sich die Schweine voll. Aber echte

Männer doch nicht! Ich weiß nicht, was in deinem Kopf vorgeht, woher du das hast. Man könnte denken, du bist schwachsinnig. In deinem Alter habe ich gelernt, gearbeitet, Geld nach Hause gebracht. Dabei wäre das gar nicht nötig gewesen, doch ich hab es trotzdem getan. Hätte ich nicht gearbeitet – mein Vater hätte mich grün und blau geschlagen. Im Gegensatz zu dir war ich gut in der Schule. Ich will keinen geistig zurückgebliebenen Sohn, in meiner Familie hat es so was nie gegeben. Ich in deinem Alter habe geraucht, war hinter den Frauen her und bei den Nutten."

Er trat ein paar Schritte zurück und nahm ein paar Züge. Er schaute auf das, was vom Schwein noch übrig war und fuhr dann fort, es zu zerteilen.

„Du bist nur gut darin, mich zu blamieren. Neulich, im Schlachthof, hast du dir vor lauer Angst die Ohren zugehalten. Am liebsten hätte ich dich dort stehen lassen. Wäre es nach mir gegangen, wärst du von da an nicht mehr mein Sohn gewesen."

Er sagte noch viel mehr solche gemeinen Sachen, ohne mir dabei ins Gesicht zu sehen, und fuhr damit fort, das Schwein so auszubeinen, als wäre ich nicht sein Sohn, sondern das nächste Tier, das geschlachtet werden musste.

Als er fertig war, warf er das Messer in die Spüle und drehte das Wasser auf. Dann zog er sich den Kittel aus, hängte ihn an einen der vielen beliebig in die Wand gehämmerten Nägel und befahl mir, aufzuwischen.

Keine Ahnung, warum mir die Frage rausrutschte, vielleicht aus Naivität, schließlich war ich gerade mal dreizehn.

„War Onkel Biagio gerne Metzger?"

Ich hatte noch nie ein Foto von ihm gesehen, und immer, wenn ich nach ihm gefragt hatte, war mir mein Vater die Antwort schuldig geblieben. Ich hatte früh gelernt, dass dieser Onkel, dessen Namen ich trug, ohne ihn je kennengelernt zu haben, und der weit weg von hier lebte, soweit ich das verstanden hatte, in eine dunkle Geschichte verwickelt war.

An diesem Tag erstarrte mein Vater abrupt und blieb mehrere

Minuten vor dem Vorhang stehen. Ganz so als wäre er drauf und dran mir zu antworten. Das wäre das erste Mal gewesen. Stattdessen schob er den Vorhang beiseite und verschwand.

Ich fühlte mich anders, wusste aber nicht, warum. Ich begann, meinem Vater zu glauben, sprich, dass ich schwachsinnig war.

Ich glaubte ihm aus Bequemlichkeit und weil mir keine anderen Gründe einfielen.

In der Schule, die ich dieses Jahr noch besuchen musste, konnte ich mich nicht konzentrieren. Erdkunde war ein einziges Durcheinander aus Karten und Farben, für die ich keine Namen hatte. Geschichte eine lange Reise, die nirgendwohin führte. Dann die Grammatik- und Matheregeln, selbst die einfachsten: unverständliche Sprachen. Ich begriff nicht, warum ich sie lernen sollte.

Das Einzige, was meine Aufmerksamkeit fesselte oder zumindest soweit erregte, dass es sich nicht sofort in irgendeinem dunklen Winkel meines Gehirns verlor, waren die beiden Kunstbände, die mir Elsa geschenkt hatte, vor allem der über die Kunst der griechischen Antike.

Zu meinem Erstaunen entdeckte ich – eine Entdeckung, die mich dermaßen rührte, dass ich sie bis heute nicht in Worte fassen kann –, dass meine Vorfahren aus dem Alten Griechenland stammten. Dass in meinen menschlichen Adern göttliches Blut floss. Dass die Landschaft, in der ich lebte, durch die ich lief, in der mir der Wind eine Ohrfeige nach der anderen verpasste, dieselbe war, in der auch die Götter gewandelt waren. Wir atmeten sogar dieselbe Luft. Selbst das Hinterzimmer der Metzgerei, so dunkel und abstoßend es auch sein mochte, befand sich in dieser Landschaft: heilig, unantastbar.

Die wenigen Seiten dieses Buches waren so kostbar für mich

wie ein ganzes Lexikon: Die Männerstatuen besaßen eine Schönheit, die mich sowohl stärkte als auch wehrlos machte.

Mein eigenes Äußeres hatte ich bis dahin kaum wahrgenommen. Als ich mich eines Tages im Spiegel sah, erkannte ich in meinem Gesicht dasselbe Chaos wie in meinem Kopf. Nichts als wildes Gekrakel: schiefe Zähne, dermaßen eng stehende Augen, dass ich zu schielen schien, zusammengewachsene Augenbrauen, rote Wangen von der Landluft, ein Mund, der im Vergleich zur Nase viel zu groß war, und der Hals dick wie ein Baumstamm.

Die Langeweile hatte mich irgendwann dazu getrieben, auf die toten Schweine einzuboxen. Ich hatte Boxwettkämpfe im Fernsehen gesehen und redete mir ein, Boxer werden zu wollen. In jenem Herbst merkte ich beim Trainieren immer wieder, wie plump meine Bewegungen wirkten. Nicht ansatzweise so elegant, wie die der Sportler im Fernsehen. Ich sah eher aus wie ein Halbstarker, der sich abreagieren muss.

Wenn das geschah – und das geschah oft –, war ich ganz entmutigt und brach das Training ab. Dann setzte ich mich auf einen umgedrehten Eimer und blätterte in den Büchern, die mir Elsa geschenkt hatte.

Inzwischen hätte ich sie auch mit geschlossenen Augen lesen können, ich kannte sie in- und auswendig.

Die Liebesaffäre meines Vaters – oder was immer das war – dauerte bis kurz vor Weihnachten. Eines Nachmittags kam Elsa in die Metzgerei und schrie ihm ins Gesicht, er sei ja pervers. Sie warf mit Eiern um sich, schlug auf den Tresen ein und ohrfeigte sich selbst. Dann kippte sie einen Korb mit Einmachgläsern aus und wiederholte unablässig, dass sie ihn nie mehr sehen wolle, dass sie sich vor dem, was er getan habe, ekle.

Ich hielt im Hinterzimmer die Luft an, wartete gespannt, wie mein Vater auf dieses Gezeter reagieren würde.

Doch zu meinem Erstaunen blieb er stumm.

Ich hörte Elsa verzweifelt weinen. Dann tat sie etwas, das mich verwirrte: Sie schob den Vorhang zur Seite und kam zu mir. Ich dachte, sie wolle mich begrüßen, stattdessen baute sie sich knallrot im Gesicht vor mir auf. Sie war dermaßen außer sich, dass ich ihr Schweigen bedrohlicher empfand als eine feindliche Armee. Sie schaute sich suchend um, bis ihr Blick auf das Buch über die griechischen Statuen fiel. Sie sagte, sie wolle es wiederhaben, es gehöre ihr.

Damit hatte ich nicht gerechnet. Ich packte das Buch, um ihr zuvorzukommen, und presste es an mich, so fest ich konnte. Mit einer mir fremden Stimme, mit der Stimme eines Jungen, der gerade zum Mann wird, und für die ich mich schämte, sagte ich: „Das gehört mir, du hast es mir geschenkt."

Elsa griff ebenfalls danach und wollte es mir entreißen.

Daraufhin zerrte ich abrupt daran und brachte sie aus dem Gleichgewicht. Sie fiel zu Boden, auf beide Knie, sodass ich ins Bad fliehen und mich darin einschließen konnte. Kaum war ich in Sicherheit, wischte ich mir den Schweiß von der Stirn und lauschte auf die Stille hinter der Tür.

Ich glaubte schon, sie hätte aufgegeben oder ihren Irrtum bemerkt, nämlich sich an mir für etwas rächen zu wollen, das ihr der Mann, in den sie sich nie hätte verlieben dürfen, angetan hatte.

Stattdessen hämmerte sie wie wild gegen die Tür und hörte einfach nicht damit auf.

Als ich meinen Vater „Biagio, mach sofort auf!" rufen hörte, hatte ich das ungute Gefühl, dass er vor allem Angst um die Falttür hatte.

Noch heute weiß ich nicht, was mich an diesem Tag mehr verletzt hat: Elsas Gewaltausbruch oder diese Erkenntnis.

Als ich die Tür öffnete, standen sie beide vor mir. Sie sahen aus wie zwei brennende, unvollendet gebliebene Häuser, die gerade Stockwerk für Stockwerk einstürzten.

In der Hoffnung, ihr weh zu tun, warf ich ihr das Buch ins Gesicht. Sie begann noch lauter zu weinen. Wieder mit meiner neuen Stimme sagte ich: „Du bist auch nicht anders als die anderen, du widerst mich an." Dann verließ ich die Metzgerei und rannte los. Ich rannte so lange, bis mir die traurige Erkenntnis kam, dass mir niemand folgte.

Ich klopfte an Lias Wohnungstür und blieb bis zum Abend bei ihr – bis mein Vater nach mir suchte.

Bei Tisch verloren wir kein Wort über das, was in der Metzgerei passiert war. Nach dem Essen schaute er die Fernsehnachrichten, in der einen Hand eine Dose Bier, während die andere in seiner Unterhose steckte.

Nach wenigen Minuten hörte ich ihn schnarchen. Ich machte den Fernseher aus und ging ins Bett. Ich brauchte Stunden, um einzuschlafen, so aufgebracht war ich.

Pervers – das war ein Wort, das ich mit einer unangenehmen Situation verband, so als hätte man ein Stück Tesafilm im Auge. Im Dorf gab es nicht viele Perverse, wir kannten sie alle.

Ich hätte gedacht, mein Vater wäre immun gegen diese Bezeichnung ich konnte mir nicht erklären, was es auch nur ansatzweise mit ihm zu tun haben sollte, auch wenn ich spürte, dass er jenseits von mir noch ein anderes Leben führte.

Im ersten Winter nachdem ich die Schule verlassen hatte, waren alle Tage gleich. Ich wachte auf und ging in die Metzgerei. Mittags aß ich bei Lia, schlief dann auf ihrem Sofa ein, kehrte anschließend in den Laden zurück, um abends nach Hause zu gehen. Seit ich mich nach Onkel Biagio erkundigt hatte, antwortete mein Vater nur noch einsilbig, ja brummig, auf meine Fragen.

Ich trainierte jeden Tag. Wenn ich Trost brauchte, hatte ich kein Buch mehr, in dem ich blättern konnte. So etwas wie Feste, Geburtstage oder Sonntage gab es bei uns nicht. Das Mittagessen mit Elsa im Restaurant war nur eine vorübergehende Abwechslung in einer Bleiwüste gewesen, die in ihrer Eintönigkeit längst keine Satzzeichen mehr brauchte.

An Silvester trank ich mannhaft ein ganzes Glas Wein. Ich war das nicht gewöhnt und wurde sofort betrunken. Um elf war mir schwindlig, und ich ging ins Bett. Kurz vor Mitternacht kam mein Vater ins Zimmer, zog mir die Decke weg und packte mich am Handgelenk.

„Aufwachen, komm mit und schau mir zu."

Ich folgte ihm auf die Terrasse. Ich war barfuß, im Schlafanzug, und mir war schlecht.

Er hatte dieselbe Pistole in der Hand, die er mir ein paar Jahre zuvor in den Schoß gelegt hatte. Er entsicherte sie, richtete den Lauf nach oben und begann zu schießen, lachte dabei wie ein Geisteskranker. Ich erinnere mich noch an das Leuchten der Feuerwerkskörper, das sich in seinen Zähnen spiegelte. Die waren genauso groß und schief wie meine, aber in einem neutralen Weißton, wie Rasierschaum. Mit jedem Schuss wurde sein Lachen lauter, und mir blieb nichts anderes übrig, als mitzulachen, mich zu fragen, was so lustig daran sein sollte, und ob mein Vater verrückt war.

Ab dem neuen Jahr begann ich zu wachsen, so richtig in die Höhe zu schießen. Mein Spiegelbild veränderte sich. Unter der Haut waren durch das Training so was wie Muskeln zu erkennen. Auch der Hals war schmaler geworden. Ich fühlte mich schlanker, freier, und das zeigte sich auch an meinem Gang.

Eines Morgens betrat eine Frau mit ihrer Tochter die Metzgerei. Ich hörte, wie sie sich mit meinem Vater unterhielten, dann holte er mich aus dem Hinterzimmer.

„Komm“, befahl er, „schau nur, wie groß deine Klassenkameradin geworden ist.“

Sie hieß Sara, wir hatten gemeinsam die Grundschule besucht. Sie war ein hässliches Kind gewesen, und die Pubertät machte es auch nicht besser. Ich sagte, sie sei tatsächlich groß geworden. Nach ein paar höflichen Worten entschuldigte ich mich und wandte mich zum Gehen.

Nachdem Mutter und Tochter den Laden verlassen hatten, verkündete mein Vater, ich würde am Wochenende mit Sara ausgehen. „Von mir aus“, meinte ich, doch bevor er wieder hinter den Tresen zurückkehrte, sah er mich schräg von der Seite an.

„Du musst endlich mal eine zum Ficken finden, sonst bring ich dich zu einer Nutte.“

Am nächsten Sonntag ging ich um sechs Uhr abends allein zu der Verabredung. Sara wurde von ihren Eltern begleitet, die mich unbedingt kennenlernen wollten.

Ihr Vater gab mir wie einem Erwachsenen die Hand und sagte gleich als Erstes, er finde es gar nicht gut, dass ich mit der Schule aufgehört hätte. Ich würde noch kriminell werden oder in der Gosse landen. Dann ermahnte er mich, nicht zu rauchen und nicht in der Spielhalle des Dorfes – eine Garage mit Billardtisch und ein paar Videospielen – abzuhängen.

Ich beruhigte ihn und sagte, ich würde meine Zeit mit Training verbringen. Als ich ihm erzählte, ich wolle Boxer werden, machte er nur ein sarkastisches Gesicht. Wir vereinbarten, uns in einer Stunde wieder zu treffen, dort, wo wir uns verabredet hatten.

Sara winkte ihnen, während sie ins Auto stiegen. Dann sah sie mir direkt in die Augen und schwieg. Ich fragte, ob sie Lust auf ein Eis habe, so wie mein Vater mir das geraten hatte, der mir, bevor ich die Metzgerei verließ, ein wenig Kleingeld gegeben hatte.

Sie sagte Ja, und so machten wir uns auf den Weg zur Bar La Catanese.

Wir setzten uns an eines der Tischchen. Als ich ihr das Eis brachte, lächelte Sara und bedankte sich, um anschließend daran zu lecken wie eine verhungerte Eidechse.

„Wieso bist du von der Schule gegangen?", fragte sie irgendwann.

„Ich hab keine Lust zu lernen."

„Und was willst du mit dem Mittelschulabschluss anfangen?"

„Mal sehen. Im Moment trainiere ich."

Sie schleckte am Erdbeereis und sagte dann: „Dann solltest du kein Eis essen."

„Wer sagt denn das?"

„Das Fernsehen."

Haselnusseis tropfte mir auf den Finger. Ich hob ihn zum Mund und lutschte daran, fragte, ob sie viel fernsehe.

Sara nickte, dann schleckte sie noch genießerischer.

„Ich nicht, ich wohne neben dem Kino." Ich drehte mich um und sah ihr zum ersten Mal aus nächster Nähe ins Gesicht. Ihre Wangen waren voller Pickel und ihre Augen so klein und schwarz wie die eines Vogels.

Sie wollte wissen, was mein Vater und ich abends so machten. Ich zuckte mit den Schultern. „Nichts, ich leg mich ins Bett und warte, bis ich einschlafe." Nach einer Weile erkundigte ich mich, ob sie sich Zeichentrickfilme anschaue, und da musste sie, den Mund rosa vom Erdbeereis, laut lachen.

„Hast du immer noch Zeichentrickfilme im Kopf?"

Ich schämte mich ihr zu sagen, dass ich noch nie einen gesehen hatte, deshalb lachte ich ebenfalls.

„Ihr seid komisch, du und dein Vater."

„Wieso das denn?"

Sie setzte eine undurchsichtige Miene auf, die sie noch mehr entstellte. „Alle sagen das", erwiderte sie. Und fragte dann, ob ich schon mal im alten Dorf gewesen sei.

„Da darf man nicht rauf, das ist gefährlich."

„Es gibt durchaus Leute, die hingehen", erklärte sie mir. Noch bevor ich etwas sagen konnte, meinte sie, ob ich mit ihr hingehen wolle.

„Wann?"

„Von mir aus jetzt gleich."

Ich schaute auf die Wanduhr der Bar in Form eines Croissants. „Dafür reicht die Zeit nicht."

„Ich kenne eine Abkürzung." Sie ließ nicht locker. „Wir können ja nur bis zum Rand des alten Dorfs gehen, schauen, wie es dort aussieht, und anschließend wieder runtergehen."

Ich schaffte es nicht, ihr zu sagen, dass ich keine Lust dazu hatte, dass ich nicht wusste, warum wir dahin gehen sollten.

Als wir losliefen, kamen wir am Hollywood, dem Tabakladen mit Bar, vorbei.

Vittorio saß davor, ein Mann, der sich anzog wie eine Frau. Er hatte die Beine übereinandergeschlagen wie eine vornehme Dame und sich gerade eine Zigarette angezündet.

Sarah musterte ihn verstohlen und sagte: „Wie eklig, der ist pervers. Der bezahlt meinen Cousin und seine Freunde dafür, dass sie ihm zwischen die Beine fassen."

Die Straße zum alten Dorf bestand aus Staub, Dreck, Gestrüpp und Wildblumen. Als ich Sara von den Gerüchten erzählte, nämlich dass dort oben auf dem Gipfel die Geister der Toten lebten, die weder in die Hölle noch ins Paradies wollten, lachte sie ordinär.

„Nein, da oben leben die Briganten", verbesserte sie mich.

Nach einigen Minuten wollte sie wissen, ob ich an Geister glaube. Ich bejahte energisch.

„Meine Eltern haben mir gesagt, dass ich nett zu dir sein soll, weil du ein bisschen schwer von Begriff bist", erwiderte sie. Das sollte wohl ein Scherz sein, der jedoch misslang.

Ihre Worte verletzten mich, weil ich wusste, dass sie einen Funken Wahrheit enthielten. Instinktiv sagte ich gehässig: „Und mein Vater hat mir gesagt, dass ich nett zu dir sein soll, weil du hässlich bist."

Sara steckte die Bemerkung einfach so weg. Den Großteil des Weges schwiegen wir.

Nach einer Viertelstunde blieb ich stehen und schaute mich um. Unter uns gingen die Lichter der Häuser und Straßen des neuen Dorfs an. Das in Dunkelheit und zu dieser Uhrzeit in extremen Dunst gehüllte alte Dorf kam mir vor wie der entlegenste Ort im ganzen Universum. In diesem Moment wurde mir klar, dass wir es nie rechtzeitig erreichen würden.

Ich sagte Sara, ich wolle lieber umkehren. Die schaute nach oben, schnaubte genervt und hob ergeben die Hände. Dann fragte sie, ob ich Lust hätte, noch ein bisschen mit ihr hier zu bleiben. Ohne meine Antwort abzuwarten, machte sie es sich inmitten trockener Zweige bequem, die unter ihrem Gewicht brachen.

Ich tat so, als hätte ich nichts bemerkt. Sara schwieg, und ich setzte mich neben sie. Nach ein paar Höflichkeitsfloskeln fragte sie ohne Umschweife, ob ich schon mal mit einer Frau rumgemacht hätte.

Ich gab mich begriffsstutzig. „Wie meinst du das?"

„Na, rummachen halt", erwiderte sie. „Jeder weiß, was das ist."

Ich warf einen Blick auf das neue Dorf. Von hier oben sah es noch kleiner aus als es ohnehin war. Ich betete darum, dass irgendwas geschah, egal, was – Hauptsache, Sara und ich wären gezwungen, wieder nach Hause zu gehen.

„Ich fass dir ein bisschen zwischen die Beine und du fasst mich an", schlug sie vor.

Ich sagte, so etwas hätte ich noch nie gemacht, und zog instinktiv die Knie an.

„Ich schon manchmal."

Mein Vater fiel mir ein, wie er Elsa im Auto übers Haar strich. Wehmütig dachte ich an die wenigen Augenblicke zurück, in denen wir ansatzweise so etwas wie eine kleine Familie gewesen waren: die einzige, die ich jemals erlebt hatte.

„Und was machst du, wenn dir eine gefällt?"

„Mir gefällt keine."

„Und wenn dir mal eine gefällt?"

Ich begann Unkraut auszurupfen.

„Dann schenk ich ihr so einen Strauß." Ich warf das Unkraut in den Abgrund vor mir.

Sara schwieg. Irgendwann fragte sie mich mit zitternder Stimme: „Wenn dir eine gefällt – lädst du sie dann nicht zum Eisessen ein, so wie mich vorhin?"

Ich spürte, dass das ihre Art war, mich zu fragen, ob ich sie attraktiv fände. Das war etwas schräg und typisch für jemanden, der ein bisschen daneben war, genau wie ich mit meinem Gebo-xe gegen die Schweinekadaver im Hinterzimmer der Metzgerei.

Kurz war ich erleichtert, ganz so, als hieße daneben sein nicht unbedingt, dass das, was man tut, komplett sinnfrei ist. Für einen selbst hat es sehr wohl einen Sinn.

Obwohl ich mich in diesem Moment in sie einfühlen konnte, schüttelte ich schnalzend den Kopf. Ich sah ihre Enttäuschung.

„Die Jungs sagen, dass ich einen tollen Busen habe", versuchte sie es weiter.

Ich schaute sie nicht mal an, beschränkte mich darauf, erneut ablehnend zu schnalzen.

Nach einer Weile hob sie ihr T-Shirt und sagte: „Dreh dich mal her."

Ich drehte mich zu ihr um. Sie trug einen geblümten BH, der ihr mehrere Nummern zu groß war. Als sie ihn abstreifte, gab er eine winzige Brust frei, die noch viel zu unterentwickelt war, um ein toller Busen zu sein.

Ich erhob mich, wischte mir die erdverschmierten Hände an der Hose ab.

„Los komm, es ist schon spät!" Mit diesen Worten begann ich mit dem Abstieg.

Ich erzählte meinem Vater, dass wir Eis gegessen hatten und anschließend durchs Dorf flaniert waren. Aber dass Sara ihren BH abgestreift und ich irgendwann an ihn und Elsa gedacht hatte, verschwieg ich.

„Wie hässlich sie ist!“, rutschte es mir an diesem Abend heraus.

Ich hörte, wie er etwas darauf murmelte, dann ging ich in mein Zimmer und legte mich ins Bett.

Einige Tage später, ich trainierte gerade im Hinterzimmer, bemerkte ich, wie mich jemand durch einen Vorhangspalt musterte. Erstaunt über diesen Blick, den ich noch nie zuvor erlebt hatte, erstarrte ich.

Der Mann, der mich seit wer weiß wann beobachtete, sagte etwas, was ich nicht verstand, denn selbst wenn er gerade nicht ansprang, gab der Motor der Kühlzelle ein ständiges Dröhnen von sich.

Wie immer, wenn ich von meinen Gefühlen übermannt wurde, rieb ich mir die Hände und wiegte mich vor und zurück.

„Zeig ihm, was du den ganzen Tag mit den Schweinen veranstaltest!“, hörte ich meinen Vater rufen, der sofort hineinplatzte und das Hinterzimmer mir seiner aufgeregten Anwesenheit füllte.

„Du bist gut“, sagte der Mann. Bestimmt, um mich zu beruhigen. Dann ließ er seinen etwas ratlosen Blick über mich, die von der Decke baumelnden Schweine und den Eimer mit den Eingeweiden schweifen, der nur wenige Zentimeter von meinen Füßen entfernt war.

„Der trainiert von früh bis spät“, sagte mein Vater und klatschte in die Hände, um mich anzufeuern. „Los, zeig dem Herrn, was du drauf hast!"

Ich wandte mich wieder dem Schweinekadaver zu und begann, um ihn herum zu hüpfen, ihm ein paar Schläge zu verpassen. Ich fühlte mich beobachtet, hatte das Gefühl, keine Kraft mehr zu haben. Deshalb drehte ich mich nach ein paar laschen Boxhieben zu den beiden Männer um, vor denen ich eine Show abzog, die mir zum ersten Mal einfach nur armselig vorkam.

Der enttäuschte Blick meines Vaters war mir nicht neu. Doch der andere Mann überraschte mich. Er schaute sich nach wie vor um, ohne dass sein Blick irgendwo hängen blieb. Dann kam er vorsichtig näher, so als drohte uns jeden Moment Gefahr.

„Ich heiße Domenico", stellte er sich vor und gab mir die Hand.

Er war groß, hatte helle Haut und helles Haar: ein bisschen dicklich. Ich starrte zu Boden und zeigte auf seinen Fuß.

„Da klebt ein Stück Mett an Ihrem Schuh."

Er verzog den Mund zu einem Lächeln.

„Zeig mir deine Hände", sagte er. Ohne abzuwarten, schnappte er sich eine und musterte zuerst die Handfläche und dann den Handrücken. Anschließend wandte er sich an meinen Vater.

„Sie müssen ihm Bandagen besorgen. Wie alt ist er?"

„Fast fünfzehn."

„Und was macht die Schule?"

„Er geht nicht mehr hin."

Der Mann beugte sich vor, bis wir auf Augenhöhe waren, und teilte mir mit, dass wir uns nächsten Sonntag in Cutridi, einem Dorf noch weiter im Hinterland, sehen würden. Er habe bereits alles mit meinem Vater besprochen.

Als ich das hörte, drehte ich mich zu ihm um. Er stand da, die Zigarette in der Hand, und nickte.

Nachdem ich beiden nachgeschaut hatte, starrte ich auf meine geröteten Hände. Wenige Minuten später schoben dieselben roten Finger vorsichtig die Plastikstreifen des Vorhangs auseinander, die die Metzgerei vom Hinterzimmer trennten.

„Wer war dieser Mann?"

„Er sucht nach Leuten, die verzweifelt genug sind, um gegeneinander zu kämpfen. Wenn du ihm gefällst, bringt er dich nach Rom", erwiderte er und sah mir direkt in die Augen. „Der Mann hat gehört, wie du trainierst. Er hat den Lärm deiner Fäuste gehört, kapiert? Und da hat er mich gefragt, wer da in diesem Raum ist; du, hab ich gesagt, und das hat er sich ansehen wollen."

Ich kehrte ins Hinterzimmer zurück und hielt die Hände unters eiskalte Wasser.

An diesem Abend nahm ich all meinen Mut zusammen und fragte meinen Vater, was mir schon den ganzen Nachmittag nicht mehr aus dem Kopf gegangen war.

„Aber wenn ich nach Rom gehe – kommst du dann mit?"

Er wusch sich das Gesicht und zwinkerte mir zu.

„Aber klar doch."

Der Mann war extra aus Rom gekommen, wo er eine eigene Boxschule besaß. Er suchte nach Talenten, die er unter Vertrag nehmen, trainieren und bei sich gegeneinander antreten lassen konnte. An diesem Sonntagvormittag sollte ich das noch besser verstehen, als mein Vater ein altes weißes Hemd und ein Paar elegante Schuhe aus dem Schrank holte, mir befahl, die Sachen anzuziehen und mich dann nach Cutridi fuhr, zur Sporthalle des dortigen Gymnasiums, wo wir verabredet waren.

Noch an diesem Morgen war mein Vater selten nervös. Während er sich zu Hause zurechtmachte, rauchte er eine nach der anderen, überprüfte ständig sein Spiegelbild, so als würde dieser Tag einen Wendepunkt markieren. Er war wieder dazu übergegangen, sich das Haar zwanghaft aus dem Gesicht zu frisieren, mit einem neuen Kamm.

Schon um neun waren wir unterwegs. Ich weiß noch, dass auf der Fahrt etwas Wunderbares geschah, das mich von meiner Angst, mich zu blamieren, ablenkte: Ich sah zum ersten Mal das Meer. Ich zuckte dermaßen zusammen, dass mein Vater abbremste und sich ruckartig zu mir umdrehte.

„Was ist denn?"

Voller Ehrfurcht zeigte ich auf den Streifen Blau neben uns.

„Ich kannte es bloß von Fotos", flüsterte ich.

„Und genau so sieht es aus."

„Warst du je dort?"

„Vor langer Zeit, als ich noch jung war", erwiderte er. Dann wurde er wieder so wie immer, ein Gefangener seines Schweigens. Kurz darauf erreichten wir Cutridi. Im Schulhof standen bereits einige Jugendliche in Grüppchen herum. Sie waren mehr oder weniger in meinem Alter und hatten ihre Eltern dabei. Es gab jede Menge Väter, den ein oder anderen kleinen Bruder und Frauen, die vor dem Eingang rauchten.

In der Halle sah ich den Mann, der mich vor wenigen Tagen in der Metzgerei beobachtet hatte. Ich machte meinen Vater auf ihn aufmerksam, und wir gingen zu ihm, um ihn zu begrüßen. Er starrte uns bloß ausdruckslos an, so als hätte er uns noch nie gesehen. Als mein Vater ihm in Erinnerung rief, dass wir uns in seiner Metzgerei kennengelernt hatten, fasste er sich an den Kopf, und sagte, ja, wie unaufmerksam von ihm, jetzt falle es ihm wieder ein. Er entschuldigte seine Vergesslichkeit damit, dass er in letzter Zeit so viele Jungen kennengelernt habe, dass er mit dem Zählen kaum noch hinterherkomme. „Ihr seht alle gleich aus", sagte er.

Ich schaute zu meinem Vater, dem die Riesenenttäuschung ins Gesicht geschrieben stand. Er reagierte auf seine Art, fragte laut und ordinär nach den Klos. Ohne die Antwort abzuwarten, verschwand er hinter einer Tür am Ende der Sporthalle.

Ich schaute zu dem Mann auf, der mir zulächelte und mich zum Umziehen aufforderte.

Ich sagte, ich hätte nichts als das, was ich am Leib trüge. „Wir hatten es furchtbar eilig heute Morgen und haben alles zu Hause vergessen", log ich.

Er schaute zu der Menge hinüber und brüllte einen Namen. Ein Junge kam, den er als seinen Sohn vorstellte. Dann zeigte er mit dem Kinn auf mich und bat ihn, mir eine kurze Hose, ein Tanktop und Boxhandschuhe zu bringen. Der Junge nickte. Kurz darauf sah ich ihn mit einer roten kurzen Hose und Boxhandschuhen in derselben Farbe zurückkehren. „Tanktops gibt's keine mehr, und die Hose hat dir der da hinten geliehen." Er zeigte auf einen Jungen, der mich anlächelte. „Nach dem Kampf musst du sie zurückgeben, okay?"

Ich nickte. Auf dem Weg zur Toilette traf ich meinen Vater.

Er ermahnte mich, ihn nicht zu blamieren und setzte sich in die letzte Reihe.

Auf dem Klo zog ich die kurze Hose an und krempelte mir die Hemdsärmel hoch wie er an dem Vormittag, als er Elsa zum Schlachthof mitgenommen hatte. Ich schaute mich im Spiegel an und schämte mich.

Der Ring war ein mit Kreide auf den Boden gezeichnetes Viereck. Keinerlei Seile zäunten ihn ein, und es gab auch keine Ecken, in denen man sich zwischen den Runden hätte ausruhen können.

Ich konnte mir fünf Kämpfe anschauen, dann nannte die metallische Megafonstimme meinen Namen. Ich bahnte mir einen Weg durch die Menge und stellte mich in eine Ecke des Vierecks.

Mein Gegner hatte in etwa meine Statur, war etwas fester und hatte einen dunklen Teint. Ich begann schon zu tänzeln, bevor die Glocke ertönte, sodass mir der Schiedsrichter oder wer auch immer Einhalt gebieten und mich in meine Ecke zurückschicken musste.

Ich schielte ins Publikum und sah, wie sich mein Vater die Haare raufte und die Augen verdrehte. Als der Kampf begann, näherte ich mich langsam meinem Gegner und versetzte ihm ein paar Hiebe, er tat genau dasselbe. Er traf meine Nase, aber ich spürte keinen Schmerz. Ich war euphorisch.

Der Kampf dauerte nur ganz kurz. Plötzlich wurden wir getrennt. Ich verstand nur Bahnhof, war ganz benommen, so als hätte mich jemand einen ganzen Tag pausenlos geohrfeigt.

Ich brauchte ein paar Sekunden, bis ich merkte, dass alle lachten. Ich lachte ebenfalls. Dann suchte ich nach meinem Vater, sein Platz war leer. Ich glaubte ihn von hinten zu erkennen, während er zum Ausgang lief.

Ich schaute wieder zu meinem Gegner. Er stand vor mir und starrte auf meine Schuhe. Erst als ich seinem Blick folgte, merkte ich, dass ich mich vollgepinkelt hatte.

Was dann passierte, weiß ich nicht mehr. Irgendwann fand

ich mich in dem Toilettenabteil wieder, in dem ich mich kurz zuvor umgezogen hatte.

Ich blieb auf unbestimmte Zeit auf dem Klo sitzen. Dann zog ich mich aus, ließ die Boxhandschuhe und die nach wie vor nasse Hose im Waschbecken liegen und ging.

Draußen merkte ich, dass das Auto meines Vaters weg war. Ich setzte mich auf eine niedrige Mauer und wartete. Ich wartete bis zum späten Nachmittag, drehte mich bei jedem Motorgeräusch in der Ferne um.

Es war schon fast dunkel, als ich ihn kommen sah. Er hielt direkt vor mir und starrte mich durchs heruntergelassene Fenster an. Ich wartete auf sein Nicken. Als es kam, stieg ich ein, und wir kehrten schweigend nach Bagnamurata zurück.

Im nächsten Winter bekam ich Pickel an der Stirn. Kurz glaubte ich, Sara hätte mich damit angesteckt. Ich hatte sie noch zwei-, dreimal zum Eisessen eingeladen, und als sie mich fragte, ob ich mir immer noch das alte Dorf mit ihr anschauen wolle, sagte ich nein, ich hätte keine Lust mehr. Ich gab vor, schon allein dort gewesen zu sein, ohne einen Briganten gesehen zu haben. Eines Nachmittags küssten wir uns in einem Hauseingang. Draußen schüttete es wie aus Eimern. Das war mein erster Kuss.

Nach dem, was in Cutridi passiert war, träumte ich nachts oft, ich hätte mich vollgepinkelt, und schrak aus dem Schlaf. Ganz so als wartete oder hoffte ich darauf, dass es noch mal passierte. Mit meinem Vater sprach ich nicht mehr darüber, es war als hätte es diesen Tag nie gegeben.

Ich war fünfzehn. Als ich mich eines Morgens im Spiegel sah, merkte ich, dass ich gewachsen war, aber auch dass ich genauso hässlich wurde wie mein Vater, dass diese Hässlichkeit das Einzige war, das uns miteinander verband.

Von der Stirn breiteten sich die Pickel bis zu Wangen und Kinn aus. Scheußliche Pusteln, die sich einfach so über die Haut verteilten. Innerhalb weniger Monate wurden sie dicker und auffälliger. Sie befielen mein ganzes Gesicht und entstellten es.

Alberto, Lias Stecher, sagte mir, die Pickel sähen aus wie Vulkane kurz vor dem Ausbruch. Eines Tages, als Lia im Bad war, erzählte ich ihm von Sara, fragte, ob sie mich angesteckt haben könnte.

Grinsend meinte er, ich werde einfach bloß zum Mann, dann fasste er sich zwischen die Beine und fuhr mir mit derselben Hand übers Gesicht.

Ich begann Alberto alles zu fragen, was ich gern meinen Vater gefragt hätte. In den letzten Monaten war mir eines klar geworden: Mein Hirn war dermaßen verknotet, dass ich nichts mehr entknoten konnte. Im Gegenteil: Je mehr Zeit verging, desto wirrer und quälender wurden meine Gedanken.

Im Lauf der Zeit erfuhr ich, dass Alberto Bauer war und seine Frau schon seit Jahren gelähmt ans Bett gefesselt. Dass sie keine Kinder hatten. Er besuchte Lia an den Wochenenden und brachte selbst angebautes Gemüse mit. Hatten sie fertig gefickt, scheuchte sie ihn aus dem Haus, verfluchte seine Frau und wünschte beiden den Tod. Eines Tages erzählte mir Lia im Dialekt, dass streunende Hunde, wenn sie Hunger haben, so lange am Knochen nagen, bis er aufgenagt ist. Vermutlich eine Anspielung auf Alberto und sie, auf ihre Beziehung.

Ich war von nichts als Hässlichkeit umgeben.

Abends vor dem Einschlafen masturbierte ich. Ich legte mich auf den Bauch und klemmte mir das Kissen zwischen die Beine. Wenn das Sperma die Unterhose und oft auch das Kissen einnässte, hatte ich das dringende Bedürfnis zu weinen und meinem Vater davon zu erzählen.

Mir fehlten die Worte für dieses Leben, in dem ich da gefangen war. Ich wuchs mutterseelenallein auf, musste jedes Mal wieder aufs Neue entscheiden, was richtig und was falsch war, wobei ich beides häufig verwechselte.

Als meine Behaarung in der Schamregion dichter wurde und bald auch die Beine und den Oberkörper erfasste, als die Haut einen neuen Geruch absonderte, begriff ich, dass etwas mit meinem Körper geschah. Vielleicht hatte Alberto ja recht: Ich wurde zu etwas anderem.

Ich begann meinem Vater nachzuspionieren und durchs Schlüsselloch zu gucken, wenn er duschte. Nackt wirkte er noch dürrer. Der Anblick löste starken Ekel bei mir aus, trotzdem konnte ich nicht damit aufhören.

Eine Angewohnheit, die sich mit der Zeit nur noch festigte.

Der Ekel, den dieser nackte Körper bei mir hervorrief, zog mich magisch an. Aus irgendeinem unerfindlichen Grund verband ich ihn mit der vom Glastresen tropfenden Spucke.

Bald wurde aus Ekel Lust und irgendwann Erregung. Vielleicht wurde ich ja auch pervers.

Es war Alberto, der mir sagte, in Calumonte, einem Nachbarort von Bagnamurata, gebe es eine Boxschule.

Als ich meinen Vater bat, mich dorthin zu bringen, meinte er nur, ich solle den Bus nehmen oder zu Fuß gehen: Ich brauche bloß querfeldein zu laufen.

Ich zögerte eine Woche, doch eines Nachmittags im neuen Jahr traf ich eine Entscheidung.

Ich nahm den Bus, zum ersten Mal verließ ich das Dorf ganz allein. Wieder war ich völlig selig, als ich in der Ferne das Meer sah.

Nach zehn Minuten Schotterstraße erreichte ich Calumonte. Ich stieg am kleinen Dorfplatz aus und fragte einen alten Mann nach der Boxschule. Er schaute auf die Uhr, gähnte und zeigte dann auf eine Straße, die zwischen Gebäuden hindurchführte. An deren Ende werde ich sie finden.

„Beim blauen Rollgitter", sagte er.

Als ich dort ankam, blieb ich vor dem zu einem Dreiviertel hochgezogenen Rollgitter stehen. Ich senkte den Kopf, sagte Hallo, doch niemand antwortete mir.

Die Boxschule bestand aus einem rechteckigen, fensterlosen Raum, blauroten Wänden, von der Decke baumelnden Glühbirnen und einem Ring. Von dem Geruch nach Schweiß, Urin, Turnschuhen, Socken und ungewaschenen Achseln wurde ich gleich ganz aufgeregt.

In der Halle trainierten einige Jungen an Säcken, vor einem Mann, der breitbeinig und mit verschränkten Armen auf einem Hocker saß. Er hieß Salvatore, die Jungs nannten ihn Meister.

Ich sagte ihm meinen Namen, fügte hinzu, ich käme aus Bagnamurata, sei der Sohn des Metzgers und wolle Boxer werden. Er befahl mir, neben ihm Platz zu nehmen. Ich gehorchte.

Gemeinsam sahen wir den trainierenden Jungs zu. In den Pausen stellte mir Salvatore die eine oder andere Frage. Wie alt ich sei, ob ich noch zur Schule gehe, ob ich eine Freundin habe, dann nannte er mir den Stundenplan, die Tage, an denen trainiert wurde. Bevor ich mich verabschiedete, gestand ich ihm, dass ich keine Boxschuhe hätte und auch kein Geld fürs Training.

Er zeigte auf einen Eisenkorb. „Da liegt lauter altes Zeug, nimm dir, was du brauchst und wasch es heute Abend. Morgen bist du wieder hier."

Ich bedankte mich und ging zu dem Korb. Ich merkte, dass der Gestank, den ich schon beim Eintreten wahrgenommen hatte, daher kam. Ich nahm mir eine kurze Hose und einige Tanktops. Doch anstatt sie abends zu waschen, hob ich sie an die Nase und schnupperte. Dann schlief ich ein.

Ich trainierte bereits seit einigen Wochen in Calumonte, als ich mir bei Lia an die Stirn fasste und merkte, dass sie kochend heiß war. Ich legte mich aufs Sofa und streckte die Beine aus. Ich hatte die Grippe.

„Schlaf gefälligst bei dir zu Hause", schimpfte Lia, während ich vor mich hindämmerte.

Ich schaute mit leicht brennenden Augen auf und sah sie direkt vor mir: Verblüfft starrte sie auf die Erektion, die aus meiner kurzen Hose kam. Ungeschickt versuchte ich, sie mit den Händen zu bedecken, um mich dann auf die andere Seite zu drehen.

„Du passt nicht mehr aufs Sofa, du wirst zu groß."

„Mir tun sämtliche Knochen weh", erwiderte ich.

„Dann leg dich in mein Bett."

Mit Ach und Krach schleppte ich mich dorthin und schlief auf dem Bauch ein, umgeben von ihren Kerzen und Heiligenfiguren.

Schwer zu sagen, ob mehrere Stunden oder nur wenige Minuten vergangen waren, als ich spürte, wie mich jemand an der Schulter berührte. Es war Alberto. Er saß auf meinem Bett, hatte mir die Hand unters T-Shirt geschoben und streichelte mich.

Ich schlug die Augen auf. „Was machst du da?"

Er hielt den Finger an die Lippen und gab mir zu verstehen, ich solle nach nebenan gehen. Lia stand reglos in der Tür. Ich kehrte aufs Sofa zurück und versuchte vergeblich zu schlafen. Nach einer Weile hörte ich, wie Alberto fluchte und Lia antwortete: „Das ist bloß Wasser."

Als ich ihn die Schlafzimmertür aufreißen sah, hatte er die

Hose noch runtergelassen, die Unterhose hing ihm um die Knie. Er stieß weitere Flüche aus, kam zu mir und gab mir eine Ohrfeige.

Ich erhob mich und versetzte ihm einen Stoß, aber er war doppelt so groß, außerdem war ich vom Fieber geschwächt. Als er sich auf mich stürzte, reagierte ich nicht, ließ mir Schläge gegen Gesicht und Kopf verpassen.

Es war Lia, die uns trennte. Ich konnte nur noch brüllen, dass sie eine Hure und er pervers sei, bevor ich gegen einen Stuhl trat und hinausrannte, zur Metzgerei, das Gesicht knallrot und die Hände auf den Wangen, um nicht auszukühlen.

Mein Vater stand hinterm Tresen und brach einem Huhn das Brustbein. Ich ertappte ihn dabei, wie er mit dem Hackbeil innehielt.

„Alberto, die schwule Sau, die Lia fickt, hat mich geschlagen", sagte ich.

Kurz befürchtete ich, er würde mir das Hackbeil gegen die Brust schleudern und mich in zwei Hälften teilen.

Er sah mir für einen Moment in die Augen. Dann hieb er dermaßen auf das ein, was noch vom Huhn übrig war, dass ich erzitterte.

„Und, kannst du dich nicht wehren?"

Ich ballte die Fäuste und kniff die Augen zu. Als ich sie wieder aufschlug, sah ich zu, wie meine Spucke am sauberen Glas hinunterlief.

Mein Vater erstarrte, seine Augen funkelten. Ich drehte mich um und ging zitternd nach Hause.

Als ich Jahre später, nach dem Verschwinden meines Vaters, gefragt wurde, ab wann wir nicht mehr füreinander existiert hatten, schilderte ich diese Szene.

Ich setzte keinen Fuß mehr in Lias Wohnung. Wenn ich ihr im Hausflur begegnete, grüßte ich, ohne ihr ins Gesicht zu sehen, dann eilte ich nach draußen und rannte durch die staubigen Straßen des Dorfes.

Ich begann damit, meine Zeit in der Boxschule von Calumonte zu verbringen und kam nur noch zum Schlafen heim.

Wenn ich beschloss, zu Fuß nach Hause zu gehen, machte ich manchmal auf halber Strecke zwischen beiden Dörfern Rast. Ich hatte ein kleines, von Bäumen geschütztes Stück Land entdeckt, oben auf dem Berg, mit Meerblick. Ich setzte mich an den Rand der Schlucht, ließ die Füße ins Leere baumeln und schaute, was mir der Horizont zu bieten hatte.

Ich war fast sechzehn und hatte niemanden, der mir einen Gutenachtkuss gab.

Das Gefühl, ungenügend zu sein, ja dass etwas mit mir nicht stimmte, wurde mit der Zeit nur noch stärker. In meinen Augen waren alle Jungen, die in die Boxschule gingen, schöner als ich. Sie hatten fast ausnahmslos schon gefickt, die anderen standen knapp davor oder erfanden schweinische Geschichten, die mich schockierten. Unter der eiskalten Dusche merkte man an ihren nicht zu unterdrückenden krassen Ständern, wie getrieben sie waren.

Betrachtete ich mich hingegen im Spiegel, sah ich nichts anderes als die Akne, die sich in meine Wangen fraß.

Eines Tages traf ich zufällig Sara im Ort, sie hatte sich bei einer Freundin eingehakt. Ich versprach ihr sie auszuführen, sobald ich meinen ersten Boxkampf gewonnen hätte. Mit einem

Augenzwinkern gab ich ihr zu verstehen, dass wir ins alte Dorf gehen würden.

Sie strich sich das Haar hinters Ohr, schielte zu ihrer Freundin und wurde ganz rot. Von ihr aus gern, meinte sie.

Kurz vor Sommerbeginn – ich wollte gerade nach Calumonte – kam ich am Hollywood vorbei.

Davor stand Vittorio, der Perverse, und rauchte eine Zigarette. Als ich vorbeiging, pfiff er mir nach.

„Wirst ein schöner junger Mann", sagte er anzüglich.

Ich tat, als wenn nichts wäre und lief weiter, doch seine Worte gingen mir nicht mehr aus dem Kopf. Niemand, nicht einmal Sara, hatte je zu mir gesagt, dass ich ein schöner junger Mann sei.

Dann, eines Nachmittags, es war bereits dunkel, lief ich die ganze Hauptstraße bis zur Gasse mit dem Hollywood und blieb kurz vor dem Neonschild stehen.

Zum ersten Mal beschloss ich reinzugehen.

Das Innere des Lokals sah genauso aus, wie ich es mir stets ausgemalt hatte. Eine Mischung aus unangenehmen Gerüchen schlug mir entgegen, darunter der unverkennbare Duft des Putzmittels, das mein Vater immer dazu verwendete, Blutflecken vom Tresen zu entfernen.

Da ich nicht wusste, was ich bestellen sollte, orderte ich eine Flasche Mineralwasser mit Kohlensäure.

Der Barmann musterte mich von Kopf bis Fuß und fragte dann, ob ich der Sohn des Metzgers sei.

Ich bejahte, bedankte mich für das Wasser und suchte in meinen Hosentaschen nach Kleingeld. Als ich gerade zahlen wollte, hörte ich denselben Pfiff wie vor ein paar Tagen.

Ich drehte mich um. Im Dunkeln erkannte ich Vittorios brennende Zigarette.

„Lass ihn, Vittò, das ist der Sohn von Bruno, dem Metzger", sagte der Barmann.

„Na und? Komm her und lass dich ansehen."

Aus der Nähe betrachtet, sah Vittorio abartig aus. Kopf, Nase,

Augen, Lippen: Alles an seinem Gesicht war viel zu groß und überdimensioniert. Er trug Lippenstift, sein Haar war schwarz und so lang wie das einer Frau. Ich hatte noch nie jemanden im Dorf gesehen, der es so trug. Sogar die Frauen trugen es dezent zusammengebunden.

Seine linke Hand war verkümmert und kleiner als die andere. Sie lag auf seinem Bauch und war nach innen gekrümmt, so als befände sich ein winziges Geschöpf darin, dass er beschützen müsse.

„Komm die Tage doch mal auf einen Kaffee zu mir“, sagte er.

„Lass ihn“, wiederholte der Mann hinterm Tresen.

Ich nickte und ging nach Hause, das Kleingeld in der geballten, feuchten Hand.

Vittorio wohnte am Ortsrand, in einer Siedlung aus sechs grauen Häusern mit wenigen Balkonen. Aus der Ferne sahen sie aus wie mehrere nicht miteinander verbundene Gefängnisse. Das waren die Sozialwohnungen von Bagnamurata.

Als ich davorstand, merkte ich, dass es nicht leicht werden würde, ihn zu finden.

Ich umrundete die Gebäude mehrmals, bis ich mich endlich dazu durchrang, zwei kleine Mädchen zu fragen, die gerade Gummitwist spielten. Das eine zeigte auf das zweite Haus und erklärte, Vittorio wohne in einem der oberen Stockwerke, in welchem wisse sie nicht genau, ich werde es allerdings problemlos finden, weil er oft am Fenster stehe und Liebeslieder pfeife. Die Mädchen kicherten und spielten weiter.

Ich blieb einige Minuten vor dem Haus stehen. Aus den Fenstern der unteren Stockwerke drangen Frittiergestank und das in der sonstigen Stille umso lautere Gezeter einer wütenden Mutter.

Letztlich war es Vittorio, der mich fand.

„Du bist hier!", rief er und winkte einhändig aus einem der Fenster im obersten Stock. „Komm rauf, ich setz schon mal Kaffee auf."

Die Haustür war offen, und ich eilte nach oben. Auf jedem Absatz vermischten sich alte Gerüche mit neuen, das Gezeter der Mutter hallte durchs ganze Treppenhaus. Als ich den halbdunklen Flur mit lauter Türen im letzten Stockwerk erreicht hatte, ging ich zur einzigen, die angelehnt war.

„Komm rein, die Kanne steht schon auf dem Herd."

Vittorio empfing mich in engen kurzen Hosen, einem

schwarzen weiten Pulli mit Micky Maus drauf, dessen halbes Gesicht von einem weißen Fleck verunziert war. Das Haar hatte er zusammengebunden. Er forderte mich auf, mich zu setzen, füllte dann an der Spüle einen Plastikbecher mit Wasser und gab ihn mir.

„Du bist verschwitzt."

„Ich bin gerannt."

„Aus Angst, dass dich jemand sehen könnte?"

„Ich renne immer."

„Möchtest du Zucker?"

„Ich trink ihn lieber schwarz."

Als er wieder aus der Küche kam, räumte er einen Berg Klamotten vom Sofa, um Platz zu schaffen.

„Was für ein Chaos! Meine Mutter ist vor zwei Jahren gestorben. Ich will nicht mal den Weihnachtsmann abmachen." Er zeigte auf die mit Tesafilm ans Fenster geklebte Deko.

Ich reagierte mit einem gequälten Lächeln und hob den Kaffee zum Mund. Vor lauter Anspannung trank ich ihn auf einen Zug aus und verbrühte mich.

Vittorio fuhr mir durchs Haar und versuchte, es mir zu zerzausen. „Willst du eine Limo?"

„Nein, davon bekomm ich bloß einen Blähbauch. Gleich muss ich wieder zum Training", erwiderte ich.

„Na und, was ist das Problem?"

„Dann muss ich zuviel rülpsen."

Er lachte laut. Nach einer Weile fragte er, ob ich schon mal gefickt hätte.

„Mehr oder weniger", erwiderte ich. „Ich treffe mich regelmäßig mit einer, die heißt Sara."

„Die Tochter vom Zeitungshändler?"

„Nein, die Tochter vom Bäcker."

Vittorio machte ein verächtliches Gesicht. „Und die gefällt dir?"

„Die ist ein echtes Luder", log ich. „Wie alt bist du?"

„Fünfundvierzig."

„Kann ich ein Glas Wasser haben?"

Er stand auf, um in die Küche zu gehen, ich schaute ihm nach und ließ dann die Wohnung auf mich wirken. Auf dem Teppich entdeckte ich eine Rolle Klopapier und transparente Damenstrumpfhosen.

Als er sich mit dem Glas Wasser erneut neben mich setzte, bemerkte er den kleinen Riss in meiner zerknitterten kurzen Hose.

„Und dieses Loch hier?"

Ich steckte einen Finger hindurch. „Die ist nicht von mir, die hat mir die Boxschule geliehen. Sobald ich Geld habe, kauf ich mir eine neue." Als Nächstes hob ich den Fuß und zeigte ihm die Schuhsohle. „Hier ist auch ein Loch."

„Und du willst wirklich nicht Metzger werden?"

Ich zuckte mit den Schultern. „Nur wenn ich nichts anderes finde."

„Aber wenn du nicht arbeitest, wovon willst du dir dann eine neue kurze Hose und Schuhe kaufen?"

Wieder zuckte ich mit den Schultern. „Das seh ich dann schon."

Er hob die verkümmerte Hand. „Ich kann nicht klagen: Wegen ihr bekomme ich so was wie eine kleine Rente."

Ich zeigte auf die Strumpfhose auf dem Teppich. „War die von deiner Mutter?"

Er lachte übertrieben, nahm eine Zigarette und führte sie zum Mund. „Alles meine Klamotten", erwiderte er. „Jetzt zeig ich dir, wie sie mir steht."

Er erhob sich vom Sofa und drehte sich um. Ganz so als wären wir durch einen Paravent getrennt, zog er sich aus und zeigte mir seinen behaarten, formlosen Hintern.

Er zog zuerst die Strumpfhose und dann einen Rock an. Anschließend drehte er sich mit ausgebreiteten Armen zu mir um.

Ein abstoßender Anblick. Ich sagte, es sei schon spät, ich müsse jetzt zum Training. Ich stellte den Plastikbecher auf den

Boden, zwischen das Klopapier und eine Blume, ebenfalls aus Plastik.

„Besuch mich doch ein andermal", hörte ich ihn noch sagen, bevor ich die Tür hinter mir zuzog.

Ich nahm immer zwei Stufen auf einmal, und kaum war ich im Freien, begann ich zu rennen.

Ich war völlig durcheinander. Keine Ahnung, was da an dieser Stimme, an diesen überall auf dem Boden verstreuten Sachen ohne jeden Charme, an diesen Frauenkleidern einen Widerhall in mir gefunden hatte. An diesem Schund.

Einige Wochen später sollte ich in Calumonte meinen ersten Amateurkampf haben, und meine Gedanken kreisten nur noch darum.

Meinem Vater hatte ich nicht einmal davon erzählt, er erfuhr es von einem der Dorfbewohner. Als wir am Tag davor zu Mittag aßen, fragte er mich aus heiterem Himmel, um wie viel Uhr ich denn antrete. Ich sagte, der Kampf werde erst morgen, Sonntag, stattfinden, so gegen zehn Uhr früh. Ich sagte ihm auch, dass er sich keine Gedanken machen solle, ich werde alleine hinfahren.

Er steckte sich eine Gabel mit Pasta in den Mund. Nachdem er fertig gekaut hatte, räusperte er sich und sagte: „Wir werden gegen neun aufbrechen, allerspätestens um halb zehn." Schon als er das sagte, wusste ich, dass ich am nächsten Tag verlieren würde.

Mein Vater alterte rasch und das alles andere als gut.

Sein Haar war dünn geworden, vor allem an den Schläfen, sodass sein Schädel riesig wirkte: Die Stirn war ihm auf die Augen gerutscht, inzwischen nur noch zwei schmale Schlitze, die Lippen waren schmaler geworden, zwei Streifen Fleisch in einem etwas dunkleren Rosa als sein übriges Gesicht.

Im Lauf der Zeit war seine Wut verraucht, aber ohne irgendeiner Form von Zärtlichkeit zu weichen, wenn überhaupt, dann einer seltsamen Resignation, wie bei einem zum Tode Verurteilten.

Ich begriff, dass meine Wut auf ihn erwachsen geworden war. Auf einmal konnte ich sehen, wie ich einmal werden würde – ein Mensch, der die Dinge, die er liebt, nur aus der Ferne, durch ein Schlüsselloch, betrachtet, ohne ihnen jemals nahekommen zu können.

An diesem Samstagnachmittag suchte mein Vater in den Gassen des Dorfes nach mir. Er fand, ich müsse mir die Haare schneiden lassen, und nahm mich mit zum Friseur. Plötzlich fielen ihm auch die Pickel auf. Abends vor dem Schlafengehen ließ er mich mein Gesicht mehr als nur einmal mit Waschmittel waschen. Er beruhigte mich und meinte, am nächsten Morgen würde ich mit reiner Haut aufwachen.

Beim Aufwachen brannte die Haut. Als er mich sah, brach er in lautes Gelächter aus und zeigte mit dem Finger auf mich.

Wir kamen zu spät nach Calumonte, weil er frühmorgens ohne jede Vorwarnung verschwunden war. Da ich ihn nirgendwo entdecken konnte, marschierte ich zu Fuß los. Er sammelte mich auf halber Strecke ein, meinte, er sei im Schlachthaus gewesen, ich solle mir keine Sorgen machen, wir kämen schon noch rechtzeitig.

Als wir Calumonte erreichten, hatten die Kämpfe bereits begonnen. Meine Begegnung war eigentlich die erste gewesen. Weil ich nicht angetreten war, hatte man den Sieg einfach meinem Gegner zuerkannt. Wir brauchten eine gute halbe Stunde, um die Jury zu überreden, was uns am Ende mit Salvatores Hilfe gelang.

Ich stieg in den Ring, ohne überhaupt Zeit gehabt zu haben, mich aufzuwärmen.

Trotz des Kopfschutzes bekam ich einen Wortwechsel mit, der mich in Panik versetzte. Als einer der Punktrichter sagte, sein Verhalten sei nicht gerade seriös, begann mein Vater zu brüllen, er solle ihm nicht auf den Sack gehen. Dann zündete er sich eine Zigarette an, setzte sich direkt an den Ring und rief mir vor allen Leuten zu, ich solle mich bloß nicht vollpinkeln.

Mein Gegner zog sich wieder die Boxhandschuhe und knöchelhohen Turnschuhe an, der Ringrichter rief unsere Betreuer, und ein Punktrichter läutete den Anfang der Runden ein.

Ich versuchte trotz allem mein Bestes zu geben.

In der ersten Runde ging ich zu Boden, kam aber wieder hoch. In der zweiten und dritten steckte ich ziemlich viele Schläge ein, ohne auch nur einen einzigen Treffer zu landen. Ich verlor nach Punkten. Mein Vater sagte den Punktrichtern, sie seien echte Arschlöcher und hätten ja nicht die geringste Ahnung. Dann trat er mehrmals gegen einen Stuhl und ging. Der Ringrichter musste lachen.

Ich schaffte es nicht mal, meinem Gegner ins Gesicht zu sehen und ihn zu beglückwünschen, so wie Salvatore es mir beigebracht hatte. In der Umkleide meinte er, aus mir werde nie ein echter Boxer werden – nicht, wenn mein Vater sich weiterhin so aufführe. Da meinte ich, wenn das so sei, hätte ich ohnehin keine Chance.

Ich kehrte zu Fuß nach Bagnamurata zurück. Auf halber Strecke, bei meinem von Bäumen geschützten Geheimplatz, vertrieb ich mir damit die Zeit, Erdschollen in die Schlucht zu werfen und mit geschlossenen Augen am Abgrund entlang zu balancieren.

Eines Samstagabends verlor ich meine Unschuld an Sara. Wir hatten uns in der Via dei Cigni verabredet. Zum ersten Mal seit wir uns kannten, trug sie einen Rock bis knapp unters Knie. Als sie kam, drehte sie sich um die eigene Achse, und der Rock mit Rosenmuster bildete einen Kreis.

„Gefällt er dir? Den hat mir meine Cousine geliehen."

Sie hatte sich stärker geschminkt als sonst und ungeschickt versucht, die Pickel auf den Wangen mit einem zu dunklen Make-up abzudecken. Ich hatte das Aftershave meines Vaters benutzt und meine Frisur in Ordnung gebracht, sonst kämmte ich mich eigentlich nie.

Ich sagte, ihr Rock sei wunderschön, und fragte, ob sie Lust auf ein Eis habe. Sie meinte, sie wolle keine Zeit verlieren, sondern das alte Dorf anschauen, also gingen wir los.

Schweigend legten wir den Weg zurück, passten auf, dass wir nicht hinfielen. Auf halber Strecke – es wurde gerade dunkel – blieb Sara stehen.

„Willst du nicht bis zum Gipfel?", fragte ich etwas genervt.

Sie lachte laut los. „Wenn man sagt, dass man ins alte Dorf geht, heißt das, dass man Ficken geht. Wusstest du das denn nicht?"

Wir setzten uns auf den Boden, und irgendwann gestand ich ihr, dass ich noch nie gefickt hätte und völlig unerfahren sei.

„Ich schon, ein einziges Mal, aber das war scheußlich, ich will nicht mehr daran denken."

Ich fragte sie nach dem Grund, sie schwieg, dann legte sie sich ins Gras und schaute in den Himmel.

„Guckst du dir manchmal die Sterne an?"

Auch ich streckte mich neben ihr aus und verschränkte die Arme hinterm Kopf.

„Eigentlich nie."

„Gefallen sie dir nicht?"

„Ich achte nicht weiter darauf."

„Ich schon. Und wenn ich eine Sternschnuppe sehe, wünsch ich mir was."

„Was denn?"

„Das darf ich dir nicht sagen, sonst geht der Wunsch nicht in Erfüllung." Sie lachte. „Aber einer davon betrifft auch dich."

„Echt?"

Sie nickte, und ich wusste nicht, was ich noch sagen sollte. Ich musste wirklich seltsam auf sie wirken. Ich hätte sie gern gefragt, ob sie wisse, wohin die Sternschnuppen verschwinden, ließ es aber bleiben. Stattdessen stellte ich die Frage, die nicht aufhörte mich zu quälen. „Geht dein Cousin immer noch zu Vittorio?"

Sie brauchte mehrere Sekunden, um einen Zusammenhang zwischen den Sternen, den Wünschen und dem, was sie mir vor langer Zeit erzählt hatte, herzustellen. Schließlich meinte sie: „Was geht mich das an?"

„Du hast es mir selbst erzählt."

„Tu so, als hätte ich nie etwas gesagt. So was erzählt man nicht rum."

Wir schwiegen noch eine Weile, dann fragte ich, was sie mit achtzehn machen wolle.

„Was soll ich da schon machen?", erwiderte sie. „Sobald ich mit der Schule fertig bin, arbeite ich in der Bäckerei meines Vaters mit."

„Denkst du denn nie darüber nach, fortzugehen?"

„Fort, wohin?"

„Keine Ahnung. Es gibt Leute, die machen das, die gehen fort."

Da packte Sara meine Hand und zog sie an ihre Brust. Als ich mich zu ihr umdrehte, legte sie den Finger an die Lippen und sagte: „Willst du mir keinen Kuss geben statt so schwierige Fragen zu stellen?"

Ich befummelte sie noch eine Weile, dann drehten wir uns auf die Seite und begannen uns zu küssen. Ich merkte, dass sie einen ungewöhnlichen Duft am Hals aufgetragen hatte, bestimmt das Parfüm ihrer Mutter.

Sie knöpfte sich die Bluse auf, ich schob den Rock hoch und half ihr, die Unterhose abzustreifen. Dann machte ich meine Hose auf und zog den Reißverschluss herunter. Als ich mich auf sie legte, umfasste Sara meine nackten Pobacken.

„Sie sind kochend heiß", sagte sie amüsiert.

Wir lachten beide.

Das Ganze geschah hastig und lustlos. Als ich mich wieder aus ihr zurückzog, um auf ihrem Bauch zu kommen, wich ich ihrem Blick aus, weil ich mich schämte. Ich wischte ihr den Bauch mit einem Taschentuch ab und drehte mich wieder auf den Rücken.

„War ich gut?"

„Ja."

„Du auch. Wollen wir es nächsten Samstag wieder tun?"

„Okay."

„Liebst du mich eigentlich?"

Ich starrte in den Himmel und sagte Ja, zog dann Unterhose und Hosenreißverschluss hoch.

„Mein erstes Mal war nicht so schön wie das hier", sagte sie unvermittelt. „Ein Freund meines Cousins hat mich eines Nachmittags mit raufgenommen und gesagt, dass er einen Freund hat, einen Briganten, der mich schön findet und mich kennenlernen will. Aber er hat mich reingelegt, behauptet, dass ich sein Versteck nicht sehen darf, und mir einen Pappkarton aufs Gesicht gelegt." Sie schwieg, dann seufzte sie. „Sie haben mich beide gefickt, erst der eine, dann der andere, er und mein Cousin. Sie haben mir immer wieder gesagt, wie hässlich ich bin, dass niemand mein Gesicht sehen will, während er ihn mir reinsteckt, weil er sonst nicht steif wird."

Ich wurde ganz verlegen, auch wenn ich solche Geschichten bereits aus der Umkleide der Boxschule kannte. Ich schwieg eine Weile. „Das tut mir leid", sagte ich und dann: „Aber jetzt muss ich los."

„Gehen wir gemeinsam runter?"

„Ja, wenn du magst"

Wir hielten Händchen. Unten im Dorf verabschiedeten wir uns dort, wo wir uns getroffen hatten. Sie bat mich, niemanden etwas zu erzählen, bis wir verlobt wären.

Zum Abschied küsste ich sie flüchtig auf die Wange und ging.

Als ich vor meiner Haustür stand, steckte ich die Hände in die Hosentaschen und suchte nach dem Schlüssel. Plötzlich hörte ich, wie Lia aus dem Fenster rief: „Biagio, geh weg da, los, weg mit dir, geh zur Seite, aber schnell!"

Ich starrte auf meine Füße und merkte, dass ich in einer Pfütze des verfluchten Wassers stand. Ich sagte, an ihre Zaubersprüche hätte ich noch nie geglaubt, und ging dann nach oben.

Eines Nachmittags im Hochsommer, nachdem ich mehrere Tage gezögert hatte, kehrte ich zu Vittorio zurück.

Und zwar ohne mich vorher anzukündigen. Die fünf Stockwerke nahm ich wie im Flug. Sicher fühlte ich mich erst, nachdem ich seine Wohnungstür hinter mir zugezogen hatte.

Atemlos erzählte ich ihm, mein Vater habe mich gezwungen, mir das Gesicht mit Waschmittel zu waschen, seitdem habe es nicht mehr aufgehört zu brennen. Meine Geschichte besaß einen wahren Kern, doch dass das schon vor Wochen passiert war und mich das Brennen längst nicht mehr quälte, ließ ich weg.

„Ich hab dieses ganze Zeug im Gesicht, ich bin hässlich."

„Was denn? Zeig mal her, mein Schatz", meinte er. „Du bist schön."

„Das stimmt nicht."

Ich spürte, wie er mein Gesicht in die Hände nahm und es liebkoste, als wäre ich eine Katze. Seine Finger rochen nach Spülmittel. „Lust auf ein paar Nudeln mit Tomatensauce?"

„Nein, danke."

„Und wie wär's mit einer Limo?"

Ich nickte, ließ mich breitbeinig aufs Sofa sinken. „Meine Turnschuhe sind kaputt, und ich hab kein Geld, mir neue zu kaufen", jammerte ich. „Ich weiß nicht mehr, was ich machen soll."

Vittorio kam mit dem Glas Limonade aus der Küche, gab es mir und kniete sich vor mich hin. „Zeig mal her."

Ungeschickt entledigte ich mich meiner abgelaufenen, stinkenden Turnschuhe und ließ sie zu Boden fallen. Sie waren mir vor ein paar Monaten von einem der Jungs aus der Boxschule geschenkt worden. Sie hatten seinem Bruder gehört, der mit dem Training aufgehört hatte, um zur Armee zu gehen. Seine Füße waren breiter und länger als meine.

„Die Sohle hat sich gelöst", bestätigte Vittorio.

„Kannst du sie reparieren?"

Er schüttelte den Kopf.

„Ich kann bloß einfache Sachen nähen." Er zeigte auf den Berg Frauenkleider auf dem Sofa.

Ich half ihm beim Aufstehen und schaute zu, wie er eines auswählte. „Darf ich das anziehen?" fragte er.

„Warum?"

„Ich möchte dir zeigen, wie es mir steht."

Ich sagte weder Ja noch Nein. Wie schon beim letzten Mal drehte er sich um, und nachdem er T-Shirt und Hose ausgezogen hatte, schlüpfte er in ein rotglänzendes Kleid, das ihm bis zu den Knien reichte.

„Steht es mir?"

Ich betrachtete seine behaarten Beine, die verkümmerte Hand, die er eng am Bauch hielt, die runden Schultern, das von dem engen Kleid eingepferchte Fleisch.

Ja, log ich, während er hüpfend zu mir kam und sich neben mich setzte.

„Vor ein paar Tagen habe ich Sara das erste Mal gefickt."

„Und wie war's?"

„Nichts Besonderes."

„Hat's dir nicht gefallen?"

„Geht so."

„Ich finde Frauen eklig", verkündete er.

„Wieso das?"

„Sie stinken."

Ich sah zu, wie er Lippenstift auftrug. Anschließend strahlte er mich an.

„Wenn sie dich ekeln – warum ziehst du dich dann an wie sie?"

Keine Antwort.

„Darf ich dir die Hand aufs Knie legen?“, fragte er kurz darauf.

Ich spreizte die Beine noch mehr, dann sprudelte es nur so aus mir heraus:

„Ich kann mit diesen kaputten Schuhen unmöglich zu Wettkämpfen gehen, und in dieser weiten Hose seh ich aus wie ein Clown. Ich brauche Geld.“

Als ich auf die Straße trat, war es bereits dunkel. Mir zitterten die Beine. Ich guckte mir kurz die Sterne an, und Saras verunstaltetes Gesicht fiel mir wieder ein.

An mein Leben mit siebzehn erinnere ich mich nur noch vage.

Nach meinem Besuch bei Vittorio passierte so viel Aufwühlendes und die Monate vergingen so schnell, dass mir nur wenige Momente in Erinnerung blieben.

Vittorio traf ich öfter. Von dem Geld, das er mir gab, kaufte ich ein Paar Schuhe in meiner Größe: rot mit weißer Sohle, topmodisch. Ich trug sie sogar, wenn ich Sara samstagnachmittags ins Kino einlud, bevor wir in die Berge gingen und „Liebe machten", wie sie es nannte. Wir bumsten nur kurz, stets unbeholfen, trotz Übung. Ich empfand wenig bis gar nichts. Um einen Steifen zu kriegen und ihn ihr reinstecken zu können, dachte ich an etwas anderes.

Ich war noch immer nicht am Meer gewesen. Wenn ich auf dem Rückweg von Calumonte an meinem Geheimplatz Rast machte, sah ich es von oben.

Ich nahm an einigen Kämpfen teil. Ein paarmal gewann ich und gab mich damit zufrieden, Mittelmaß zu sein. Aber ich sah keine Alternative, wusste nicht, was ich sonst machen sollte.

Mit zunehmendem Alter wurden die Pickel weniger, und weil ich so viel trainierte, gewann ich an Muskelmasse. Die Schultern wurden breiter und auch meine Gesichtszüge veränderten sich wegen der Schläge, die ich kassierte.

In dem Jahr, in dem ich volljährig wurde, wurde mein Vater sechsunddreißig.

Als ich ihn die letzten Male erlebte, wirkte er fast wie ein Skelett, nichts als Augen und Nase. Doch wenn ich ihn ansah, fühlte ich mich wie eine Mücke angesichts von schneeweißer

Haut voller Blut. Seine Hässlichkeit hatte mich seit jeher angezogen und tat es immer noch: Sein körperlicher Verfall gehörte fest zu meinem Leben dazu und machte mich zu dem, der ich war.

Eines Abends Mitte September sah ich, wie er das Hollywood verließ, er schien betrunken zu sein. Wir starrten uns kurz an, waren beide überrascht, uns dort mitten auf der Straße zu begegnen. Da geschah etwas noch nie Dagewesenes: Mein Vater begann zu lachen, und ich lachte ebenfalls. Aber es war nicht sein übliches Lachen eines Verrückten, wir lachten unbeschwert, wie von Sinnen.

Dann kehrte er mir den Rücken zu und wankte wortlos davon.

Noch in derselben Nacht – es war extrem heiß und die Schwüle machte mich fertig – sah ich ihn im Halbschlaf auf einem Hocker an meinem Bett sitzen. Er wedelte mit einem Stück Pappe, um uns etwas Luft zuzufächeln, und schaute mich mit seinen großen Augen an.

„Pa, was machst du da?"

„Schlaf, wenigstens du."

„Und du?"

„Psssst."

In jener Nacht schlief ich beruhigt ein und malte mir im Traum aus, was da vor dem Hollywood passiert war, als wir gemeinsam so gelacht hatten. Doch im Traum rannte ich ihm nach und kaum hatte ich ihn erreicht, umarmte ich ihn von hinten, schmiegte meine Wange an seine Schulter.

Am nächsten Morgen konnte ich den Traum nicht von der Realität unterscheiden. Ich weiß nur, dass es das letzte Mal war, dass ich meinen Vater sah.

Vor dem Polizeirevier von Bagnamurata stand ein Haufen Leute, alle waren aus demselben Grund hier: wegen meines Vaters. Im Dorf sollte monatelang über nichts anderes geredet werden.

Zwei Polizisten führten mich in einen fensterlosen Raum, dann stellte sich ein dritter Mann als Kommissar vor, setzte sich mir gegenüber und meinte, es tue ihm leid, sie gäben ihr Bestes, ihn zu finden. Ob ich irgendeine Idee hätte, wo er stecken könne?

Ich schüttelte nur den Kopf und hob ratlos die Hände.

Er bat mich, ihm zu sagen, wann ich ihn zum letzten Mal gesehen hätte, und da erzählte ich ihm das vor dem Hollywood.

Meine Stimme zitterte, ich war verwirrt, sagte, ich hätte ihn schon länger nicht mehr gesehen. „Seit zwei, drei Tagen vielleicht", ich wusste nicht mehr, wie viele Tage seitdem vergangen waren. „Er saß beim Abendessen und hatte mir den Rücken zugekehrt, er war extrem dünn, weil er nur ein weißes Unterhemd anhatte, sah man jeden Knochen. Dann bin ich schlafen gegangen."

„Und dann?"

„Dann ist er verschwunden."

„Und er hat nichts zu dir gesagt?"

„Nein."

„Ihr habt euch also nicht mal Gute Nacht gewünscht?"

„Wir haben so gut wie nie miteinander geredet."

„Hattet ihr gestritten?"

„Nein."

„Ist irgendetwas vorgefallen?"

„Nein, wir haben einfach bloß so gut wie nie miteinander geredet."

Mir fiel wieder ein, wie er sich vor mir auf einen Hocker gesetzt hatte, bevor er verschwand.

„Er hat mir mit einem Pizzakarton Luft zugefächelt, man kam fast um vor Hitze."

Der Kommissar sah mir in die Augen, bestimmt erwartete er, dass ich noch mehr erzählte, aber ich hatte nicht mehr zu meinem Vater zu sagen.

Da fragte er, ob er eine Frau, eine Freundin, einen Freund habe. Ich verneinte und sagte, ich wisse von nichts. Er fragte, ob ihm jemand gedroht habe, woraufhin ich sagte, nicht dass ich wüsste, aber eher nein.

Mir fiel wieder ein, was Jahre zuvor in La Scafandra passiert war, als er es ganz allein mit einem Haufen Zigeuner aufgenommen hatte. „Mein Vater hatte vor niemandem Angst", verkündete ich und schilderte die Szene. Der Kommissar hielt die Luft an. Als ich meinte, das Ganze sei vor acht Jahren geschehen, atmete er hörbar aus.

Ich erzählte, mein Vater habe schon immer verschwinden und ein Brigante werden wollen. Daraufhin meinte er nur, es sei sehr ungewöhnlich, einfach so zu verschwinden, ohne die Tür der Metzgerei abzuschließen. Auch dass ihn niemand aus dem Dorf mehr gesehen habe.

„Bist du sicher, dass in den letzten Tagen nichts vorgefallen ist?", fragte er erneut.

„Nein, wie bereits gesagt. Er hat gelacht."

Der Kommissar kritzelte etwas auf ein Blatt Papier und blieb stumm.

„Mein Vater hat kaum den Mund aufgemacht, er hat mich nie was gefragt und ich ihn auch nicht." Ich schwor bei Gott, führte die Finger an die Lippen.

„Falls dir noch etwas einfällt, kannst du jederzeit vorbeikommen", beendete er das Gespräch.

Bevor ich ging, hörte ich, dass man meinen Vater sowohl am Meer als auch in den Bergen und auf den Feldern suchte.

„Apropos, was mochte er lieber: das Meer oder die Berge?"
„Mein Vater mochte gar nichts."

Anfangs kam mir das alles höchst seltsam, ja unwirklich vor. Wie der Streich eines Mannes, der noch nie in seinem Leben Streiche gespielt hatte.

Es war fast dunkel und ich kehrte gerade aus Calumonte zurück, als ich von seinem Verschwinden erfuhr.

In der Boxschule hatte ich mir an diesem Tag einen Schlag gegen den rechten Wangenknochen eingefangen. Es brannte, und ich hätte mir eigentlich Verbandszeug und Alkohol kaufen müssen, was ich jedoch nicht tat.

Die Erste, die ich sah, war Lia. Sie eilte mir entgegen und schüttelte mich durch. „Dein Vater ist seit heute Morgen verschwunden, ich hab dir doch gesagt, dass du den Fuß nicht in dieses verfluchte Wasser setzen sollst", jammerte sie. Dann schlug sie die Hände vors Gesicht und begann zu schluchzen.

Ich brachte kein Wort heraus, konnte keinen klaren Gedanken fassen.

„Er hat immer gesagt, dass er eines Tages verschwindet", wiederholte ich lächelnd den Dorfbewohnern gegenüber, die sich inzwischen, da er nach Stunden immer noch nicht zurückgekehrt war, vor der Metzgerei versammelt hatten.

Irgendwann kamen auch Sara und ihre Eltern. Sie meinten, das tue ihnen leid, ich könne gern bei ihnen essen. Sogar Vittorio schaute vorbei, winkte mir und ging dann, ohne die anderen zu grüßen. Irgendein alter Mann meinte, mein Vater sei einfach nur ein Spinner und werde bald zurückkommen, ich solle mir keine Sorgen machen.

Ich blieb bis spätabends in der Metzgerei und wartete dort

auf ihn, dann wartete ich darauf, dass die Leute wieder gingen. Als ich endlich alleine war, wusste ich nicht, was ich tun, welche Geräte ich ausmachen und welche ich anlassen sollte. Deshalb schaltete ich den Strom ab und ließ das Rollgitter herunter.

Abends aß ich zwei Scheiben Brot mit Käse, in dieser Nacht fand ich keinen Schlaf. Es war zu still in der Wohnung und jedes Geräusch – der Nachbar, der die Klospülung drückte, jemand, der auf der Straße nieste, ein bellender Hund – ließ mich erschrocken hochfahren.

Tagelang ging das so. Ich glaubte tatsächlich, er würde irgendwann wiederkommen.

Er war verschwunden, hatte die Tür zur Metzgerei sperrangelweit offen stehen lassen, die Schlüssel in der zweiten Schublade unter der Kasse hinterlegt, das Hackbeil auf den Hackblock gelegt und den Kittel an einen Wandhaken gehängt.

Genau das sei das Beunruhigende, so die Polizei: der Kittel. Vor allem dieses Detail bereite ihnen Kopfschmerzen. Wenn jemand die Metzgerei betreten und ihn bedroht hatte, warum hatte er dann noch den Kittel ausgezogen, bevor er ging?

Tagelang stellten sie immer dieselben Fragen, zigmal. Ob mein Vater irgendwelche Angewohnheiten habe, eine Frau, Feinde, Schulden. Ob zu Hause irgendetwas fehle, ein Wertgegenstand, Geld, Kleidung.

Ich beantwortete alle Fragen mit Nein.

Er hatte nichts zurückgelassen. Keinen Brief, kein Wort, keinerlei Hinweis, der eines wahrscheinlicher machte als das andere. Nichts, nur einen an den Haken gehängten Kittel.

So seltsam das auch klingen mag: Für mich war es im Großen und Ganzen so, wie ich es den Polizisten gesagt hatte, als die mich fragten, was meiner Meinung nach passiert sei. „Mein Vater hat die Metzgerei betreten. Dann hat er es einfach nicht mehr ausgehalten und beschlossen, zu verschwinden. Er hat sich den Kittel ausgezogen, ist ins Auto gestiegen und auf und davon."

Zwei Wochen nach seinem Verschwinden gewöhnte ich mich

langsam an die Vorstellung, dass er nie mehr zurückkehren würde.

Ich wurde achtzehn, feierte bei Sara und ihren Eltern. Sie bestellten Arancini alla Catanese, Cola und ein paar süße Teilchen. Sara schenkte mir einen Herrenduft.

An diesem Abend sagte ich ihr in ihrem Zimmer, dass ich Schluss machen wolle, dass es einfach nicht der richtige Moment sei. Sie weinte. Ich sah zu, wie ihr die Tränen übers Gesicht liefen, um die Pickel herum. Ich empfand nicht das Geringste.

Am nächsten Tag ging ich zu Fuß nach Calumonte und redete mit meinem Trainer, erzählte ihm von meinem Plan. Er versuchte mich davon abzubringen, allerdings vergeblich. Ich fühlte mich so, als wäre ich endlich von den Fesseln befreit, die mir von Geburt an die Hände gebunden hatten.

Wie ein Wilder wühlte ich in den Dokumenten meines Vaters, die über verschiedene Schubladen in der Metzgerei und zu Hause verteilt waren. Irgendwo musste sich doch der Name verbergen, nach dem ich suchte. Ich fand nichts. Da ging ich ins Hollywood, denn bei dem einen Mal, als ich dort gewesen war, hatte ich ein Regal voller Telefonbücher gesehen.

Ich nahm das von Rom, blätterte drin, machte einen Anruf, dann noch einen und noch einen, bis ich den Namen der Boxschule fand, nach der ich suchte.

Einige Tage später kaufte ich die Busfahrkarte. Ich nahm kaum etwas mit – die Boxhandschuhe, Unterhosen und ein paar Socken und Anziehsachen, die ich in eine Reisetasche stopfte.

Ich verabschiedete mich von niemandem.

Eines Oktobertags verließ ich Bagnamurata im Morgengrauen. Als ich sah, wie das Dorf immer kleiner wurde, bis es schließlich verschwand, schwor ich mir, nie wieder einen Fuß an diesen verfluchten Ort zu setzen.

Als ich mein Ziel nach neun Stunden Fahrt erreichte, kam mir auf einmal alles vollkommen sinnlos vor.

Es regnete heftig, und mir taten die Arm- und Rückenmuskeln weh.

Am Vorabend der Abreise hatten ein paar alte Männer aus dem Dorf bei mir geklingelt, um mir zu sagen, dass die ganze Straße, in der die Metzgerei lag, nach verdorbenem Fleisch stinke. Ich hatte den Stecker gezogen, und da war es vergammelt.

Als ich das Rollgitter hochzog und das Hackbeil meines Vaters auf dem Hackblock sah, griff ich danach und begann alles kurz und klein zu schlagen. Ich zertrümmerte die Kühlzelle und ihren Motor. Ich zertrümmerte das Waschbecken, das Klo und den Badezimmerspiegel. Ich verwüstete die Marmortresen, trat auf Eimer und Plastikbehälter ein, auf die Falttür, ich riss alles von den Wänden, was ich in meiner Wut zu fassen bekam, sogar die Nägel. Sollte mein Vater in meiner Abwesenheit zurückkehren, sollte er größtmögliche Zerstörung vorfinden.

Rom kam mir auf Anhieb einfach nur riesig und erbarmungslos vor.

Als mich der Bus am Busbahnhof ausspuckte, zog ich den Zettel hervor, den ich vor der Abreise einmal gefaltet und in eine meiner Hosentaschen gesteckt hatte. Mit Bleistift hatte ich mir die Straße, die ich suchte, notiert.

In der Menge entdeckte ich einen Fremden mit einer Zeitung unterm Arm. Das war noch das vertrauteste Bild in diesem Chaos aus Dingen und Personen, die sich in einem für mich ungewohnten Tempo bewegten.

Als ich ihm die Adresse zeigte, wies der Mann auf eine Haltestelle am Ende der Straße: Von dort fahre der Bus, der mich in das Außenviertel bringe, in das ich wolle.

Eine Dreiviertelstunde später war ich am Ziel. Am Eingang der Boxschule sah ich eine Frau knien, sie hatte einen Putzlumpen in der Hand. Ich nannte ihr meinen Namen und den Grund meines Besuchs. Sie fuhr damit fort, den dreckigen Boden zu schrubben und meinte, die Boxschule mache erst in einer Stunde auf. Es war halb vier Uhr nachmittags, und zum ersten Mal seit ich das Dorf verlassen hatte, hatte ich Hunger.

Ich setzte mich in eine Bar, die wenige Häuser weit weg war, und bestellte einen Toast. Dann verschränkte ich die Arme und legte den Kopf darauf, bis ich einschlief.

Eine halbe Stunde später wachte ich auf, ging auf die Toilette, um mir das Gesicht zu waschen und meine Haare mit etwas Wasser in Form zu bringen. Dann kehrte ich zur Boxschule zurück.

Sie hatte geöffnet. Ich erkundigte mich bei mehr als nur einem Burschen nach Domenico, dem Mann, den ich suchte, aber niemand hatte je von ihm gehört. Ich erklärte, wer er war, nannte den Grund meines Besuchs, und alle musterten mich von Kopf bis Fuß, unschlüssig, ob sie mich auslachen oder bemitleiden sollten. Dasselbe fragte ich auch die Sekretärin, eine junge Frau in meinem Alter, aber sie sagte mir dasselbe wie die anderen. Keiner kannte diesen Talentscout, der meinem Vater Jahre zuvor gesagt hatte, er sei der Besitzer der Boxschule, in der ich jetzt war.

Als ich wieder auf die Straße trat, war ich ganz orientierungslos vor Angst. Mir fiel nichts anderes ein, als zur Bushaltestelle zurückzukehren. Die Sonne verschwand zwischen mausgrauen Mietskasernen, die mich an die erinnerten, in denen Vittorio sein Leben fristete.

In diesem Moment merkte ich, dass mir jemand folgte. „Junger Mann, ich weiß, wen du suchst, aber vergiss es! Dieser Clown hat den Leuten das Blaue vom Himmel versprochen, den haben wir mit einem Tritt in den Hintern vor die Tür gesetzt."

„Domenico?"

„Ja, genau der."

Ich ließ mir den Nachnamen geben und ging dann wieder Richtung Stadtmitte.

Das Zimmer, das ich mir in einer bescheidenen Pension genommen hatte, war so winzig, dass ich zu ersticken glaubte. Ich öffnete das einzige Fenster, das auf die Gleise hinausging, aß Erdnüsse und einen Nussriegel, die ich in der Minibar unter dem Schreibtisch gefunden hatte. Ich ging ins Bad, setzte mich auf die Klobrille und starrte eine gute halbe Stunde ins Leere.

Ich dachte an meinen Vater.

Mir fiel wieder ein, wie er eines Tages meinen Kopf in die Hände genommen, mir direkt in die Augen geschaut und wie immer wütend endlos wiederholt hatte, ich müsse endlich ein Mann werden. Er hatte es so oft gesagt, dass mir die Tränen gekommen waren. Mir war, als verlangte er, ich solle mich in einen Berg, in eine Stahlbetonwand, ja in eine ganze Stadt verwandeln.

Ich erhob mich vom Klo und holte die Hälfte des Kamms, der erst meinem Opa und dann ihm gehört hatte, aus meinem Rucksack. Ich fuhr mir damit durchs Haar, wusch mir das Gesicht und suchte dann im Telefonbuch nach Domenicos Nummer. Es gab nur eine Person mit diesem Nachnamen.

Ich wählte und wartete. Eine Frau ging dran, die sagte, ihr Mann sei nicht zu Hause.

„Können Sie ihm bitte ausrichten, dass Biagio aus Bagnamurata angerufen hat? Ich bin in Rom und möchte ihn gern treffen." Ich nannte ihr die Telefonnummer des Hotels und meine Zimmernummer, die 33. „Es ist wichtig", sagte ich noch.

Ich legte auf und wartete. An der Wand hing ein Bild, das eine Familie zeigte: Vater, Mutter und zwei Kinder. Als ich vor einigen Wochen in den Papieren meines Vaters gewühlt hatte, hatte ich kein einziges Foto von meiner Mutter gefunden. Und auch keines von uns Dreien.

Dafür hatte ich einige Briefe gefunden, die sie sich vor der

Hochzeit geschrieben hatten. Nichts als wenige, nichtssagende Sätze. In einem schrieb meine Mutter, sie könne es kaum erwarten, ihn wiederzusehen. Gleichzeitig bat sie ihn nachdrücklich, unterm Schulfenster nicht ihren Namen zu rufen, der Chemielehrer sei sauer gewesen. In einem anderen schlug sie vor, doch nach der Hochzeit nach Amerika gehen, wo ihre Onkel lebten. Mein Vater antwortete, dass sie schon bald die Fähre nach Sizilien nehmen würden, um dort eine Granita zu essen. Und dass er eine eigene Metzgerei aufmachen werde: Mein Opa habe ihm bereits einen Kredit gegeben und einen Laden habe er auch schon. Er beschrieb ihn bis ins kleinste Detail, es war der, den ich vor wenigen Tagen zerstört hatte.

Bei den Unterlagen hatte ich auch einen Brief gefunden, der mich vom Militärdienst befreite. Den wenigen maschinengeschriebenen Zeilen konnte ich entnehmen, dass ich an einer „kognitiven Störung" litt. Deshalb rieb ich mir also ständig die Hände und redete so laut, lachte häufig in unpassenden Momenten, völlig grundlos. Ich war nicht dumm. Ich hatte mich bloß nie bemüht, anders zu sein als wie ich stets gewesen war.

Als es Zeit zum Abendessen wurde, ging ich einen Teller Nudeln essen, um dann zur Pension zurückzukehren. Von meinem Zimmer aus versuchte ich erneut, Domenico zu erreichen, und diesmal schaffte ich es endlich, mit ihm zu reden.

Ich hörte ihn atmen, während er mühsam versuchte, ein Gesicht zu rekonstruieren, das in irgendeinem Winkel seines Gedächtnisses verloren gegangen war. Er sagte, es sei unhöflich, Leute um diese Zeit privat anzurufen. Ich entschuldigte mich und sagte, ich sei in Rom.

Nach kurzem Zögern verabredete er sich für den nächsten Tag mit mir. Wir würden uns um elf in einer Bar treffen.

Als ich auflegte, hatte es draußen angefangen dermaßen zu schütten, dass ich laut lachen und dem Himmel Beifall klatschen musste.

Ich machte mich schon früh fertig, wann genau, weiß ich nicht mehr, aber draußen wurde es gerade erst hell. Es hatte keine Sekunde aufgehört zu regnen, und ich hatte kaum geschlafen: Die Pension war unglaublich hellhörig. In der Nacht hatte ich über mir Schritte von anderen Gästen gehört, Klospülungen, eine Frau, die wie verrückt hustete, ein Paar, das kurz gebumst hatte. Als ich endlich einschlief, träumte ich von meinem Vater und schreckte keuchend hoch.

Ich war in Gedanken bei ihm, während ich versuchte, mich elegant zu kleiden. Ich hatte ein Hemd und eine frische Hose dabei, und um nicht zu ungepflegt zu wirken, hatte ich beides nass gemacht und in der Dusche zum Trocknen aufgehängt.

Bevor ich die Pension verließ, rief ich Sara an. Ihre Nummer kannte ich auswendig, und als ich die Telefontasten drückte, bekam ich Herzklopfen.

Ich freute mich, ihre Stimme zu hören.

„Was ich da neulich zu dir gesagt hab – das tut mir leid", meinte ich.

„Biagio, du bist's!", erwiderte sie überrascht und begann zu weinen.

„Ich bin in Rom."

„Wieso das denn?"

Ich gestand ihr, warum ich Bagnamurata verlassen hatte. „Ich will nie wieder zurück. Ich hab dort zu viel Schreckliches erlebt. Außerdem ist dieses Fleckchen Erde verflucht. Gleich treffe ich den Mann, der mir vor Jahren gesagt hat, dass ich gut bin. Ich tu das auch für dich, Sara. Ich möchte, dass du eine Zukunft weit weg von Bagnamurata hast, weit weg von der Bäckerei deiner Eltern. Ich möchte hierherziehen, zusammen mit dir, in eine Stadt, wo uns niemand kennt."

Nach einer Weile sagte ich, dass sie mir fehle. Ich hörte, wie sie noch lauter weinte.

„Du fehlst mir auch, Biagio. Aber du musst zurückkommen."

„Ich komm nicht mehr zurück."

„Du musst unbedingt zurückkommen."

„Hast du nicht zugehört? Ich komm nicht mehr zurück."

„Gestern wurde das Auto deines Vaters gefunden."

Ich schaute nach draußen auf die Straße. Ich hatte noch nie so einen Starkregen erlebt, höchstens als sich das alte Bagnamurata aufgelöst hatte und wir mit dem Hubschrauber hatten fliehen müssen. Ich fragte mich, ob wohl auch eine Stadt wie Rom in die Brüche gehen, morsch werden konnte, bei dem Regen.

Das Auto war am Rand einer Straße, die am Meer entlang führte, gefunden worden – wenige Hundert Meter von einem Bahnhof entfernt, wo nur zwei Züge am Tag fuhren. Einer ging weiter nach Süden, der andere nach Norden.

„Nur das Auto?"

„Nur das Auto. Vielleicht ist er ins Wasser gegangen und hat sich umgebracht. Das sagen die Leute im Dorf."

„Vielleicht."

Dann fragte sie stammelnd, ob ich vielleicht mit ihm in Rom sei. „Manche behaupten, dein Vater hätte eine schlimme Krankheit und wäre gegangen, um woanders zu sterben."

„Mein Vater interessiert mich nicht mehr."

„Aber du bist ebenfalls verschwunden, genau wie er. Findest du das toll, einfach so zu verschwinden?"

Ich wusste nicht, was ich darauf sagen sollte, also lauschte ich auf ihre Atmung voller unausgesprochener Ängste. Dann bat ich sie um Verzeihung. Es war mir nicht klar gewesen, dass ich mich genauso verhalten hatte wie mein Vater.

„Und warum lässt du ausgerechnet diejenige leiden, die dich lieb hat?“

„Wenn ich genau wie er verschwunden bin, heißt das wohl, dass mir egal ist, was ich zurücklasse“, sagte ich mit einer Boshaftigkeit, zu der ich bis gerade eben nicht in der Lage gewesen wäre.

Wütend legte ich auf und verließ die Pension.

Als er mich sah, sagte Domenico, ich sei ein Mann geworden.

Ich wartete bereits seit einigen Minuten auf ihn. Als ich ihn entdeckte, stand ich auf, um ihn zu umarmen und nahm den Geruch seiner Kleidung wahr. Sie stank nach Rauch und irgendwie muffig.

Domenico bestellte einen Kaffee und ich eine Limo, die ich auf einen Zug austrank. Als mir ein Rülpser entwich, der sämtliche Köpfe herumfahren ließ, lachte er. Laut.

„Ich kann mich noch gut an dich erinnern", sagte er irgendwann. „Du warst der Junge, der auf die Schweine eingeboxt hat." So etwas habe er noch nie gesehen. „Wie lange bleibst du in Rom?"

„Ich bin für immer hergekommen."

Er verzog das Gesicht und musterte mich.

„Ich möchte Boxer werden."

Er schaute mich weiterhin hilflos an. „Ich habe inzwischen einen anderen Beruf. Außerdem ist der Boxsport längst nicht mehr das, was er einmal war. Er ist dem Untergang geweiht. Wenn du einen Rat willst, dann such dir eine andere Beschäftigung. Du bist noch jung, du bist stark. Wenn ich noch mal so alt wäre wie du – ich würde Berge versetzen."

Er stellte die Tasse ab und löffelte den letzten Rest Kaffee aus.

„Aber ich kann nichts anderes", gestand ich. „Außerdem haben Sie gesagt, dass ich gut bin."

„Ich habe nie gesagt, dass du gut bist."

„Doch, meinem Vater."

„Keine Ahnung, was dir dein Vater erzählt hat. Mir hat er gesagt, dass ich dich mit nach Rom nehmen soll, dass du sonst noch dämlicher wirst, wenn du, betäubt vom Lärm der Kühlzelle, noch länger in diesem Hinterzimmer bleibst. Als ich gesehen habe, wie du in dem ganzen Gestank auf die von Haken baumelnden Kadaver eingeboxt hast, habe ich mir gedacht, so was Trauriges hast du noch nie gesehen. Und dein Vater hat gaga auf mich gewirkt."

Ich schloss die Lippen um mein Glas, benetzte sie mit dem letzten Limonadenrest. „Regnet es hier immer so?"

Er schürzte die Lippen. „Eigentlich nicht, aber wenn es erst mal anfängt ..."

„Und was arbeiten Sie jetzt?"

„Ich entlade jede Nacht Obst und Gemüse auf dem Markt in meinem Viertel."

Ich nickte und schaute nach draußen. „Ich muss los."

Als ich am frühen Nachmittag in die Pension kam, hatte ich das dringende Bedürfnis, die an mir klebende Kleidung loszuwerden und nackt zu sein. Sogar die Unterhose war völlig durchweicht.

Ich rollte mich auf dem Bett zusammen und schlief bis zum Abend. Als ich aufwachte, war es schon dunkel. Ich pinkelte ins Waschbecken und setzte mich dann aufs Klo: Hätte mir jemand ein trockenes Blatt Laub in die Hand gedrückt – ich hätte sein Gewicht wahrgenommen, so schwach fühlte ich mich.

Zu Hause in Bagnamurata nahm ich den Duft meines Vaters immer noch wahr. Er musste die Wände regelrecht damit imprägniert haben. Die mit Tomatensauce bespritzte Küchenwand. Das ungemachte Bett. Die Milchkaffeetasse, die er am Morgen seines Verschwindens in die Spüle gestellt hatte, seine verknubbelten Socken am Fußende des Bettes.

Die ganze Nacht wartete ich nur drauf, dass es endlich Tag würde.

Im Morgengrauen kehrte ich in die Metzgerei zurück und ließ hinter mir das Rollgitter herunter. Es sah aus, als wäre eine Bombe explodiert.

Ich glaube, erst in diesem Moment begriff ich wirklich, dass mein Vater nie mehr wiederkommen würde.

In den darauf folgenden Tagen schaffte ich Ordnung, beginnend mit allem, was ich zerstört hatte. Sara kam, um mir zu helfen. Eines Morgens hatten wir Sex auf dem Boden des inzwischen leeren Hinterzimmers. Ich sagte ihr, dass ich sie liebe, dass ich mich mit ihr verloben wolle, dann küsste ich ihre pickeligen Wangen und bat sie, nicht mehr zu weinen. Ich fühlte nichts von dem, was ich behauptete zu fühlen: Ich redete bloß irgendwas daher.

Es dauerte Wochen, bis die Metzgerei leer geräumt war. Saras Eltern ließen mir ausrichten, wir könnten gemeinsam ein Wurstwarengeschäft eröffnen. Wäre ich einverstanden, würden sie mich finanziell unterstützen.

Zu Beginn des Sommers heirateten wir.

Am Tag unserer Hochzeit war Sara seit etwas mehr als einem

Monat schwanger, hatte es aber noch niemandem gesagt, nicht einmal ihren Eltern. Eines Morgens machte sie den Schwangerschaftstest, und als sie entdeckte, dass sie unser Kind erwartete, kam sie sofort zu mir und umarmte mich. Ich drückte sie fest und sagte, das seien ja wunderbare Neuigkeiten. Ich bat sie, sofort zu heiraten und nicht länger damit zu warten – das Gerede der anderen könne uns doch egal sein.

Es war eine improvisierte Hochzeit mit wenigen Verwandten. Ich trug einen eleganten Anzug mit zweireihigem Jackett und die Seidenfliege, die Elsa mir geschenkt hatte. Sie ein weißes Kleid mit Schleppe und Schleier. Ihre Trauzeugen waren Cousinen, meine zwei Freunde von Sara.

Als Hochzeitsreise fuhren wir für eine Woche nach Neapel. Wir nahmen den Zug, es war für uns beide das erste Mal. Während der ganzen Fahrt und auch an den Tagen danach überlegten wir, wie wir unser Kind nennen wollten. Wir wünschten uns beide einen Sohn. Etwas erstaunt willigte ich auf Saras Drängen hin ein, das Kind nach meinem Vater Bruno oder aber nach meiner Mutter zu nennen, sollte es denn ein Mädchen werden.

Sara, die ihre Finger mit meinen verschränkte, sagte, das gehöre sich so.

Wir liefen durch die Straßen Neapels, stets Hand in Hand. Wir lachten, aßen jeden Tag in einem anderen Restaurant, schauten uns von einer Burg aus den Sonnenuntergang an. Wir sahen aus wie zwei Schüler auf Klassenausflug.

Wir hatten kein einziges Mal Sex. Ich hatte Angst, ihr weh zu tun, auch dem Kind weh zu tun.

Dann gestand ich ihr, was ich in dem Brief, der mich vom Militärdienst befreite, gelesen hatte. Ich berichtete von den dürftigen Zeilen, die mein Verhalten erklärten. Sie meinte, das wisse sie längst und habe keine Probleme damit.

Als wir nach Bagnamurata zurückkehrten, hatte uns das Dorfleben wieder.

Eines Morgens nahm Sara all ihren Mut zusammen und

gestand der Mutter, bereits am Hochzeitstag schwanger gewesen zu sein. Die weinte und wollte sofort ein Fest mit mir und meinen Nachbarn organisieren. Doch als die beiden zum Arzt gingen, sagte der Frauenarzt, unser Kind sei vor wenigen Tagen gestorben.

Saras Mutter riet ihrer Tochter, mich zu verlassen: Ich bringe nichts als Unglück, es sei besser zu sterben als bei mir zu bleiben. Das erzählte mir meine Frau eines Abends beim Essen, doch ich nahm es nicht weiter ernst. Dafür fiel mir wieder ein, wie ich vor Jahren länger in dem Wasser gestanden hatte, mit dem Lia jemanden vom bösen Blick befreit hatte, und gelangte zu dem Schluss, dass ich so die Verwünschung eines anderen auf mich gezogen hatte.

Eines Nachmittags nahm ich die Treppe zur Wohnung der Frau, die mich aufgezogen hatte. Ich klingelte, und mir machte ein junger Mann auf. Es war der Sohn des Obsthändlers. Ab und an hatte ich vom Fenster aus beobachtet, wie er ihr Einkäufe brachte.

Lia war inzwischen halb blind und ging nicht mehr aus dem Haus. Als sie meine Stimme hörte, wollte sie, dass ich mich zu ihr aufs Sofa setzte und ihr ein wenig Gesellschaft leistete. Sie strich mir liebevoll übers Gesicht und sagte: „Wie groß du geworden bist, Biagio. Ich habe gehört, du hast eine Frau." Dann gestand sie mir, dass sie nur noch Schatten sehe – wegen der Chlorbleiche, die sie tagein, tagaus zum Bodenwischen verwendet hatte. „Die hat meine Augen angenagt." Genau so drückte sie sich aus.

Ich erzählte ihr von Sara, von der Hochzeit, von meinem Vater und davon, dass wir beschlossen hatten, unser Kind nach ihm zu nennen, wenn es nicht schon im Mutterleib gestorben wäre. Ich erkundigte mich nach Alberto, und sie meinte, ich solle das Thema wechseln. Schließlich beichtete ich ihr den wahren Grund meines Besuchs: Ich sei fest davon überzeugt, vom bösen Blick getroffen zu sein.

Sie nickte, nahm meine Hand in die ihre und sagte, Ja, das sei gut möglich. Sie erzählte, dass aufseiten meines Vaters ein Fluch auf der Familie laste, der einfach nicht weggehe. Dann murmelte sie leise etwas, das sich anhörte wie Gebete.

Kurz darauf brachte Sara ihre Sachen in meine Wohnung, und wir zogen zusammen. Die Abende verbrachten wir auf dem Sofa vor dem Fernseher, Sex hatten wir keinen mehr. Die Vorstellung, nach der Fehlgeburt in sie einzudringen, ekelte mich an.

Als sie eines Abends den Kopf in meinen Schoß legte, nahm sie ihn in den Mund. Es gelang mir nicht, steif zu werden, und nach ein paar Minuten gab sie es auf. Sie ging ins Bad und putzte sich die Zähne. Als sie ins Wohnzimmer zurückkam, fragte ich, wo sie diese Schweinereien herhabe, ich sei schließlich nicht mit einer Nutte verheiratet.

Wir fassten uns kaum noch an. Selbst Zärtlichkeiten wirkten unpassend, unnatürlich. Ich streichelte sie nicht mehr und sie mich auch nicht. Im Bett drehte ich mich vor dem Einschlafen auf die andere Seite und erlaubte ihr, meine Füße zu berühren – der einzige Körperteil, der sich nicht vor ihrer Berührung ekelte. Ob es ihr wohl genauso ging?

Wir beschlossen, den Wurstladen zu eröffnen. Dort würden wir auch das Brot ihrer Eltern verkaufen, und ich würde endlich lernen, mit Fleischwaren umzugehen.

Der Laden, der meinem Vater gehört hatte, stand inzwischen leer. Eine Entrümpelungsfirma hatte den Tresen und die Überreste der Kühlzelle abgeholt. Ich strich einige Wände gelb und beschloss die Mauer einzureißen, die das Hinterzimmer vom Lager trennte.

Eines Morgens, ich wischte gerade den Boden im Lager, hörte ich, wie jemand hinter dem Plastikvorhang laut meinen Namen rief.

Als ich mich umdrehte, stand ein junger Mann vor mir, das zerzauste, nassgeschwitzte Haar fiel ihm in die Augen. Er strich es zurück und gab mir die Hand. Ich musste meine erst an der Hose abwischen, sie war voller Staub.

„Erinnerst du dich noch an mich?“

Als ich verneinte, zog er eine rotglänzende kurze Hose aus seinem Rucksack.

„Die gehört dir.“

Ich hob sie ans Gesicht und atmete tief ein. Sie roch frisch gewaschen.

Ich schaute auf die Wanduhr, der einzige Gegenstand, den ich nicht zerstört hatte. Es war ungefähr viertel vor eins an einem beliebigen Spätsommertag.

Der junge Mann vor mir war derjenige, der damals in der Sporthalle von Calumonte bei meinem ersten Boxkampf gegen mich angetreten war.

Er hatte überall nach mir gesucht: in den Gängen der Sporthalle, in den Toilettenabteilen. An jenem Vormittag hatte er noch einen Kampf gehabt, war in der zweiten Runde zu Boden gegangen und hatte begriffen, dass das Boxen nur eine Phase für ihn war, etwas, hinter dem er sich hatte verstecken können.

Als er damals nach draußen ging und mich ganz allein an der Mauer lehnen sah, fehlte ihm der Mut, mich anzusprechen. Er steckte die Hose wieder ein und ging, nicht ohne mich aus der Ferne zu beobachten.

Er kam aus Scalupace, ein Ort unweit vom Meer, etwa dreißig Kilometer von Bagnamurata entfernt. Als er in der Zeitung vom Verschwinden meines Vaters gelesen hatte und ihm wieder eingefallen war, dass ich der Sohn vom Metzger in Bagnamurata war, hatte er sich auf seinen Motorroller, eine grüne Lambretta, geschwungen und nach mir gesucht.

Er hatte mehrmals gegen das heruntergelassene Rollgitter geklopft und ein paar alte Männer im Dorf nach mir gefragt, aber da wusste noch keiner von meiner Flucht nach Rom. Er hatte sogar bei mir zu Hause vorbeigeschaut und Lia getroffen, die meinte, ich sei verschwunden, genau wie mein Vater und genau wie er krank im Kopf.

An jenem Morgen staunte er, mich vorzufinden. Er lächelte und sagte mir seinen Namen: „Alceo."

„Was für ein seltsamer Name", bemerkte ich.

„Ja, ich weiß. So wie ‚Biagio, der Sohn vom Metzger, der verschwunden ist.' Alle werden neugierig."

Es vergingen mehrere Tage, bis wir uns wiedersahen, zehn vielleicht oder auch nur eine Woche, aber so begann unsere Freundschaft, mit diesen Worten.

Ich erledigte gerade Einkäufe im Dorf, als ich ihn auf dem Motorroller entdeckte. Er drehte eine Runde, um sich „inspirieren" zu lassen, wie er sagte.

„Willst du mitfahren?"

Ich hatte noch nie auf einem Motorroller gesessen, ich weiß noch, wie ich zögerte. Auch aus Angst, irgendjemand im Dorf könnte meine Frau, oder schlimmer noch, ihre Eltern fragen, was ich da hinten auf dem Motorroller eines Fremden zu suchen hätte, statt bei ihr zu Hause zu sein.

Wir waren seit ein paar Monaten aus Neapel zurück, und nachdem sich die Nachricht von Saras Fehlgeburt herumgesprochen hatte, wollte sie nicht mehr aus dem Haus gehen. Sie lag nur noch im halbdunklen Wohnzimmer und schaute Telenovelas. Wenn überhaupt, ging sie ein Stockwerk tiefer und suchte Zuflucht bei Lia: Deren Geschichten von mir als Kind amüsierten sie irgendwie.

Irgendwann beschloss ich, mich nicht länger um das Gerede der Leute zu kümmern. Kaum war ich auf den Motorroller gestiegen, zeigte ich Alceo den Weg zu meinem Lieblingsplatz oben in den Bergen, dem einzigen Fleckchen Erde, an dem ich mich wirklich heimisch fühlte.

Wenige Minuten später waren wir da. Nachdem er den Roller an einen Baumstamm gelehnt hatte, schnupperte er an seiner Achsel, verzog angewidert das Gesicht und lachte. Er zog sein T-Shirt hoch und legte sich mit dem Rücken auf die nackte Erde. Ich tat es ihm nach. Irgendwann riss er einen Grashalm aus und steckte ihn sich in den Mund, aber schon eine Sekunde später spuckte er ihn wieder aus, was bewies, wie nervös er war.

Er erzählte mir, dass er seine Zeit mit Malen verbrachte und auch, warum er Alceo hieß. Seine Mutter, eine Kindergärtnerin mit einer Schwäche für den altgriechischen Lyriker Alkaios, hatte ihm diesen bizarren Namen gegeben. Wenn er in der Grund- und Mittelschule aufgerufen worden war, hatten alle Mitschüler lachen müssen. Als er noch klein war, machte ihn das wütend, aber dann gewöhnte er sich daran, und irgendwann fand er sogar Gefallen an seinem seltsamen Namen.

Ich meinte, ich würde niemanden kennen, der so heiße, komisch sei nur, dass mir der Name, als wir vor Jahren in Calumonte gegeneinander gekämpft hatten, trotz Megafondurchsage gar nicht aufgefallen sei, vermutlich weil ich so angespannt gewesen sei.

Er erklärte mir, dass er den Organisatoren an jenem Vormittag in der Sporthalle seinen offiziellen Namen Alcide genannt habe. Am Standesamt von Scalupace habe man sich geweigert, ihn als Alceo einzutragen, das sei damals einfach zu ungewöhnlich gewesen.

Wir stellten fest, dass wir im Abstand von zwanzig Kilometern und vier Monaten geboren worden waren: er im Spätfrühling, ich gegen Ende des Sommers.

Sein Gesicht war bartlos, seine Haut reiner und glatter als meine. Er hatte dermaßen markante Wangenknochen, dass die darüber liegenden schwarzen Augen aussahen wie dunkle Vögel auf schroffen Felsen. Meine hingegen wirkten eher wie ein Anhängsel stets buschigerer Augenbrauen.

Ich war generell recht behaart. Meine pechschwarzen, gekräuselten Haare hatten auch Brust und Bauchnabelregion erfasst. Ich hatte damit begonnen, mir den Kopf komplett zu rasieren. Sein Haar hingegen war eine richtige Mähne, im Fahrtwind sah sie aus wie bläulich schimmernde Zuckerwatte. Unseren Nasen war anzusehen, dass keiner von uns ernsthaft geboxt hatte.

Nachdem er ein spitzes Steinchen unterm Po entfernt und ins Leere geworfen hatte, stand er auf und reckte sich. Ich musterte ihn aus der Froschperspektive, und obwohl er kleiner war als ich, wirkte er unendlich groß. Ich erhob mich und ging ein paar Schritte auf ihn zu, dann stellte ich mich an den Rand des Abgrunds und balancierte mit ausgebreiteten Armen daran entlang.

„Was machst du da?", fragte er.

„Das mach ich immer."

„Und warum?"

„Das fühlt sich gut an."

Noch nie zuvor hatte ich so unter meinen nichtssagenden Worten gelitten.

„Auch wenn ich nicht sagen kann, wie genau sich das anfühlt", ergänzte ich.

„Fahren wir ans Meer und springen kurz rein?"

Ich schaute auf die Armbanduhr, die mir Saras Eltern zur Hochzeit geschenkt hatten. „Ich kann nicht, ich muss zurück ins Dorf, es ist schon spät."

„Aber es ist Sommer, das macht Spaß."

Ich gestand ihm, dass ich frisch verheiratet war und meine Frau zu Hause auf mich wartete. Er schaute mich nur ausdruckslos an und fragte dann nach dem Grund dafür.

Mir fiel keine Antwort ein, die zu diesem Moment gepasst hätte, in dem ich ein noch nie da gewesenes Gefühl verspürte. Ich hatte noch nie einen echten Freund gehabt. Bis zu diesem Tag hatte ich mich tatsächlich noch nie jemandem anvertraut.

An diesem Vormittag erkannte ich auch, dass ich Dinge tat, ohne einen Grund dafür zu haben.

Ich versuchte ihn zu vergessen, bis ich einige Tage später einen Umschlag am Rollgitter der Metzgerei lehnen sah.

Darin befand sich die Zeichnung von einem Akrobaten, der auf einem zwischen zwei Bäumen gespannten, hauchdünnen Seil balanciert. Es war nicht weiter schwer, mich in dem Akrobaten wiederzuerkennen. Unten rechts stand ein kleines *a*.

Ich hängte die Zeichnung im Schlafzimmer auf, mit Tesafilm, über der Kommode. Als Sara sie sah, verkündete sie gleich, sie sei hässlich, der Seiltänzer ähnele mir kein bisschen. Dann fragte sie, von wem ich die habe. Ich sagte, von einem alten Bekannten aus Boxerkreisen, den ich eines Morgens zufällig getroffen hätte, als er eine Runde durchs Dorf drehte.

„Und warum hat er dich gezeichnet?"

„Er ist ein bisschen gaga", log ich.

Sie wirkte erstaunt, aber damit war die Sache erledigt.

Nach einigen Stunden bat sie mich, die Zeichnung abzuhängen, sie mache ihr Angst. Ich umarmte sie von hinten und meinte, sie solle nicht albern sein, auch wenn ich gleich begriff, von welcher Angst sie sprach.

Als ich an jenem Abend nach Hause kam, fand ich das Blatt zerknittert auf der Kommode vor. Ich verstaute es in einer Schublade, in der naiven Hoffnung, es zu vergessen, aber in den darauf folgenden Tagen ertappte ich mich häufig dabei, es in die Hand zu nehmen. Je öfter ich es betrachtete, desto geheimnisvoller fand ich es, auch wenn ich das Geheimnis nicht lüften konnte.

Der September verging ohne besonders Vorkommnisse. Als es kühler wurde, verließen Sara und ich wieder gemeinsam das

Haus, samstagnachmittags, um Eis in der Bar La Catanese zu essen.

Wir redeten nicht mehr von einem Kind, und die wenigen, lustlosen Versuche rumzumachen, nahmen fast alle kein gutes Ende.

Meinen neunzehnten Geburtstag feierte ich mit ihrer Familie. Es gab immer wieder Spannungen und Versöhnungen. Wegen der Ehe, die mich unauflöslich mit ihrer Tochter verband, versuchten wir, höflich miteinander umzugehen. Dem Vater war ich wenig sympathisch, und er bemühte sich nicht, seine Abneigung gegen mich zu verbergen.

Er hatte uns etwas Geld für die Eröffnung des Wurstwarengeschäfts geliehen, konnte es aber nicht lassen, mir das jeden Tag vorzuhalten. Wir bemühten uns um einen Kredit bei der Bank, und ich musste eine Hypothek auf meinen einzigen Besitz aufnehmen: auf die Wohnung und die Ladenimmobilie.

Ich hörte keine Sekunde auf, an Alceo zu denken. Bis ich eines Nachmittags, wenige Wochen vor der Einweihung des neuen Geschäfts, in einen Bus stieg und ihn besuchte, um mich für die Zeichnung zu bedanken.

Vor diesem Tag war ich noch nie in Scalupace gewesen. Ich wusste nicht, wo er wohnte, kannte nicht mal seinen Nachnamen.

Nachdem mich der Bus vor dem Dorfkiosk abgesetzt hatte, lief ich, die Hände in den Hosentaschen, die Hauptstraße auf und ab, wobei ich mich nach dem Zufallsprinzip immer wieder in die ein oder andere Gasse vorwagte.

Dann geschah etwas, das sich in den nächsten Jahren noch oft wiederholen sollte: Ich glaubte, meinen Vater zu sehen, von hinten, in einer Bar. Als ich dann vor einem Wildfremden stand, der nur eine vage Ähnlichkeit mit ihm besaß, zuckte ich dermaßen zusammen, dass er sich ebenfalls erschreckte, bevor er mich lauthals verfluchte.

Ich setzte meinen Streifzug durch die Straßen von Scalupace fort, und nach einer Weile entdeckte ich Alceo in einer Spielhalle. Er spielte gerade mit einem jungen Mann Billard. Als er mich sah, machte er ein ganz erstauntes Gesicht und forderte mich mit einem Nicken auf reinzukommen. Ich sah, wie er seinem Begleiter etwas ins Ohr flüsterte und dann den Billardstab an die Wand lehnte.

Erst da begriff ich, wie leichtsinnig es gewesen war, nach Scalupace zu fahren, um ihn zu treffen.

Nachdem er mich umarmt hatte, lud er mich auf eine Kaffeelimo ein, und ich bedankte mich für seine Zeichnung von dem Seiltänzer.

„Gefällt sie dir?"

„Sehr."

„Ich dachte, eher nicht."

„Warum denn das?"

Er breitete die Arme aus und suchte nach den richtigen Worten, um schließlich folgenden Satz zu sagen: „Manchmal gefällt mir, was ich mache, doch kaum bin ich damit fertig und schau noch mal drauf, gefällt es mir schon nicht mehr. Es verliert an Wert. So als würde ich einen Sack mit Sand füllen, der sich langsam leert."

Ich hätte ihm gern gesagt, dass er sich vielleicht leer fühlen müsse: weil er die anderen erfüllt habe. Aber mein dürftiges Vokabular, vielleicht auch die Angst, etwas Albernes zu sagen, verschloss mir den Mund.

Jedes Mal, wenn ich seine Zeichnung anschauen würde, so sagte ich, bekäme ich Herzklopfen. „Es ist, als wollte sie mir etwas sagen, ich weiß bloß nicht was. Ich verstehe die Sprache nicht. Sara hat deine Zeichnung abgehängt. Sie will sie nicht sehen, sie findet sie verstörend."

Ich war verlegen, weil ich mich dermaßen weit vorgewagt hatte, und als ich ihn lächeln sah, machte das alles nur noch schlimmer.

„Findest du das blöd?"

„Nein, was du da gesagt hast, ist sehr schön."

Da erzählte ich ihm von dem Buch über die Maler und von dem über die Kunst der griechischen Antike, die mir Elsa geschenkt hatte, als ich noch ein Kind war. Ich gestand ihm auch, dass die griechischen Statuen etwas bei mir auslösten, das ich nicht benennen konnte, und dass es mir beim Betrachten seiner Zeichnung ähnlich gegangen sei.

Ich öffnete mich wie noch nie zuvor und erzählte ihm von dem stundenlangen Blättern in beiden Bänden, bis ich sie auswendig kannte, davon, wie Elsa und mein Vater gestritten hatten und sie von mir verlangt hatte, mein Lieblingsbuch zurückzugeben. Ich erzählte ihm auch, dass ich mich im Bad eingeschlossen und gehofft hatte, dass sie wieder ging. Stattdessen hatte sie so wild gegen die Tür gehämmert, dass sie sie fast zerstört hätte. Schließlich gestand ich ihm, was ich mit Sicherheit noch niemandem anvertraut hatte: Dass das vielleicht der Moment gewesen war, ab dem ich begonnen hatte, mir alles Schöne zu versagen – aus Angst, man könnte es mir früher oder später grundlos wieder wegnehmen.

„Wozu hätte ich weiter zur Schule gehen sollen? Das hätte nicht das Geringste gebracht. Und dann habe ich eine so hässliche Frau geheiratet, dass sie mir niemand ausspannen kann. Meine Unschuld habe ich auf so eine armselige Weise verloren, dass ich kotzen könnte, wenn ich bloß dran denke. Mein Vater war erschreckend hässlich. Das Dorf, in dem ich aufgewachsen bin, ist hässlich. Als ich es verlassen habe und nach Rom gegangen bin, ging es mir dort schlecht: Vielleicht konnte mein Körper so viel Schönheit einfach nicht ertragen."

Er hörte mir aufmerksam zu und meinte dann, wenn mir seine Zeichnung gefalle, müsse sie wohl hässlich sein.

„Nein, ganz im Gegenteil! Aber ich musste sie mir erst ansehen, um all das zu begreifen."

Nach einer Weile fragte ich, wer der Junge sei, mit dem er Billard spiele.

„Mein Cousin", sagte Alceo.

„Ich wollte euch nicht stören. Ich bin gekommen, um dich was zu fragen: Warum hattest du vor Jahren nicht den Mut, mich anzusprechen, als du mich vor der Sporthalle gesehen hast?"

Alceo tat sich schwer mit einer Antwort, was er da sagte, klang eher wirr. Ich wurde nicht recht aus seinen Worten schlau, vielleicht wurde nicht einmal er daraus schlau.

„Hat dir noch nie der Mut zu irgendwas gefehlt?", fragte er schließlich nach diesen unzusammenhängenden Sätzen.

„Doch, natürlich! Erst neulich, als ich mit Sara spazieren war, hab ich eine Taube mit einer Nadel im Flügel gesehen. Vielleicht hat sich jemand einen Spaß daraus gemacht, sie zu quälen. Sie konnte nicht mehr fliegen, ist herumgehüpft wie eine lahme Ente und hat nur einen Flügel ausgebreitet. Das hat mir das Herz zerrissen, aber ich hatte nicht den Mut, sie von der Nadel zu befreien. Ich bin mit Sara weiterspaziert wie wenn nichts wäre, in der festen Überzeugung, dass die Taube sowieso überfahren wird, dass es garantiert so laufen wird."

Ich verschwieg, dass ich mich und mein Leben in ihr wiedererkannt hatte. „Ich kann dir nicht sagen, warum, also frag mich bitte nicht danach. Aber wenn ich heute morgen in den Bus gestiegen bin, um dich zu sehen, dann, weil mir der Mut gefehlt hat, diese Taube zu retten."

Als wir an den Strand kamen, war es fast Abend. Die letzten Familien und Pärchen, die noch geblieben waren, um sich den Sonnenuntergang anzuschauen, packten ihre Handtücher und Liegestühle, um nach Hause zu gehen.

In plötzlichem Übermut zogen wir am Wasser die Schuhe aus und warfen sie in die Luft, dasselbe machten wir mit unseren T-Shirts und kurzen Hosen.

Wir rannten in Unterhose ins Wasser wie zwei durchgehende Pferde. Wir spielten Fangen, versuchten zu schwimmen, obwohl es keiner von uns konnte, füllten den Mund mit Salzwasser und spuckten uns an.

Später – wir waren inzwischen ganz außer Atem – sahen wir in der Ferne ein Feuerwerk: In irgendeinem Kaff im Hinterland wurde ein Fest zu Ehren des Schutzheiligen gefeiert. Reglos schauten wir es uns an, den Mund an der Wasseroberfläche.

Wieder an Land, ließen wir uns von der Spätsommerluft trocknen. Dann legten wir uns in den Sand und schwiegen.

„Wenn einem dermaßen der Mut fehlt, dass man nicht länger so tun kann, als wenn nichts wäre, dann passiert vielleicht was", sagte Alceo irgendwann.

Ich drehte mich zu ihm um.

„Ich sehe ihn noch genau vor mir", fuhr er fort. „Den Moment, als mir vor Jahren der Mut fehlte, auf dich zuzugehen. Ich weiß noch, wie du angezogen warst, wie die Farben waren, die Leute um mich herum. Dein Gesicht. Wenn ich auf dich zugegangen wäre, wäre etwas anderes passiert, nicht das, was damals geschah und mich dazu gebracht hat, den Seiltänzer zu zeichnen."

Ich schloss die Augen, näherte mich ihm, um ihn auf die Wange zu küssen, verkniff es mir dann aber. Ich sammelte meine im Sand verstreuten Kleider ein und ging.

Ich kam viel später als sonst nach Hause. Sara war noch wach und wartete auf mich, in der Hand Tabletten: Die seien gegen die Angst, die sie in den letzten Wochen spüre.

„Ich war das erste Mal am Meer."

„Mit wem denn?"

„Mit einem Freund."

„Der, der dir dieses Gekrakel geschenkt hat?"

Ich nickte, und sie versetzte mir einen Stoß.

„Hau ab, du stinkst."

Kurz nach Mariä Empfängnis weihten wir den neuen Laden ein, und am Abend der Eröffnung stieß ich auf meinen Vater an. Im Dorf glaubten inzwischen alle, er hätte sich umgebracht.

Verschiedene Bewohner Bagnamuratas kamen zum Feiern. Viele fragten meine Frau, ob sie schwanger sei, irgendjemand gratulierte ihr sogar und wünschte uns Glück.

In letzter Zeit hatte Sara sichtlich zugenommen. Eine ständige Migräne quälte sie, und um die Beschwerden zu lindern, schluckte sie verschiedene Mittel gegen Depressionen. Sie fühlte sich nur noch schlecht und irgendwann tat ihr alles weh.

Bei der Einweihung nahm mich ihr Vater beiseite und fragte, warum seine Tochter noch nicht wieder schwanger sei. Ich sagte, wir könnten uns das auch nicht erklären. Als er nicht locker ließ, erwähnte ich den Stress vor der Ladeneröffnung, die Schulden bei der Bank, die Sache mit meinem Vater.

Er legte mir eine Hand auf die Schulter und meinte: „Sara wartet nur darauf, dass du ein Mann wirst."

Dann sagte er mir, was ich im Grunde längst wusste, nämlich, dass ich seine Tochter in der Öffentlichkeit nie umarme, sie nie küsse, ja, sie eigentlich keines Blickes würdige.

„Ganz so als würde sie dich anekeln." Als er das sagte, merkte ich, wie viel Überwindung es ihn kostete, das auszusprechen.

An diesem Abend betrank ich mich und begann sogar zu tanzen, nachdem ein entfernter Cousin meiner Frau auf die Idee gekommen war, eine Tarantella-Platte aufzulegen. Ich nahm Saras Hände und drehte sie so oft um die eigene Achse, dass sie nach der x-ten Drehung ins Taumeln geriet und wir beide unter dem Gelächter der Anwesenden hinfielen.

Am nächsten Morgen um punkt halb acht zogen wir das Rollgitter des neuen Wurstwarenladens hoch. Saras Vater brachte uns einen Korb mit warmem Brot für den Verkauf und wünschte uns viel Glück. Bevor er ging, verstreute er großzügig grobes Salz gegen den bösen Blick.

Kurz darauf kam der erste Kunde. Es war Vittorio. Er hatte einen eingegipsten Arm und humpelte. Ich begrüßte ihn verlegen. Seit meinem letzten Besuch bei ihm hatte ich ihn nicht mehr gesprochen, und die paar Mal, als wir uns auf der Straße begegnet waren, hatte ich so getan, als sähe ich ihn nicht.

Sara kam um den Tresen herum und gab ihm einen Stuhl. Er verzog das Gesicht zu einer Schmerzgrimasse und lehnte ab, indem er mit der einzigen Hand, die noch funktionierte, abwinkte. Diese alte Tante habe schon Schlimmeres erlebt, sich aber nie unterkriegen lassen.

„Stimmt's, Biagio? Erzähl deiner Frau, wie wacker ich mich noch vor wenigen Monaten geschlagen habe. Mich hält so schnell nichts auf, nicht einmal Schläge mit der Eisenstange." Er schaute meine Frau an. Dann erkundigte er sich, als wenn nichts wäre, nach meinem Vater.

Ich würgte ihn ab. „Was bekommst du?"

„Es ist, als wäre es erst gestern gewesen: Er kam in die Bar, machte es sich bequem und zischte ein Bier nach dem anderen. Wie oft mich dein Vater zum Lachen gebracht hat!"

Auch meine Frau erstarrte. „Was bekommen Sie?"

Vittorio schaute sich um und schüttelte mehrmals den Kopf, bevor er wieder das Wort ergriff.

„Ich bekomme gar nichts. Ich wollte bloß kurz vorbeischauen, euch alles Gute wünschen und schauen, wie ihr den Laden eingerichtet habt. Auch wenn er nicht mehr da ist – dieser Mann wird für immer hier drin sein", verkündete er. Dann begann er heftig zu husten und rotzte Schleim in ein Taschentuch. „Macht euer

Ding, aber nicht so wie ich, in aller Öffentlichkeit, sonst lassen sie es euch büßen. Macht es zu Hause und kontrolliert, ob ihr zweimal abgeschlossen habt."

Nach diesen Worten drehte er sich um und humpelte davon. Kaum war er gegangen, begann Sara ihn zu beleidigen und suchte nach meiner Hand, schaffte es, sie zu packen, bevor ich mich diesem Moment der Zärtlichkeit entziehen konnte. Ich war völlig durcheinander.

Meiner Frau sagte ich, ich brauche eine kurze Pause, schloss mich im Bad ein und versuchte, mich wieder zu beruhigen. Ich betrachtete mich im Spiegel, aber der Mann, der ich einmal sein würde oder vielleicht schon geworden war, war mir kaum vertraut. Meine Züge schienen sich aufgelöst zu haben, um dann völlig zu verrutschen und schief zu erstarren.

Ich musste wieder daran denken, wie ich Jahre zuvor hinter derselben Tür Elsas wildes Hämmern gehört hatte, an meinen Vater, der mir befahl, rauszukommen: Wieder war da dieses Gefühl enttäuschten Vertrauens.

Ich hielt mir instinktiv die Ohren zu, nur um nichts hören zu müssen. Wer da jetzt schrie, war dieser verletzte Junge, der ich einmal gewesen war und der sich mit der Zeit in einen ausgehungerten Hund verwandelt hatte, der mich überallhin verfolgte. Er wollte unbedingt raus, sich für immer von mir befreien, um ungehindert seine Schweinereien zu treiben.

Ich beugte mich über die Kloschüssel, steckte mir zwei Finger in den Hals und kotzte alles aus mir heraus.

Einige Abende später wurde Vittorio krankenhausreif geschlagen. Am nächsten Morgen war in den Straßen, Häusern und Läden von Bagnamurata von nichts anderem mehr die Rede. Ich war entsetzt über die Gehässigkeit einiger Kunden: Einer nach dem anderen hatte das Bedürfnis, in den Laden zu kommen und sich dazu zu äußern.

Es hieß, er habe einen Jungen belästigt, den Sohn eines Kriminellen, und diese Prügel seien bloß eine Vorwarnung. Alle freuten sich, so als hätten sie seit Jahren nur darauf gewartet, so als würden die Prügel, die man Vittorio verpasst hatte, irgendein Unrecht wiedergutmachen, das sie erlitten hatten.

Der Vater meiner Frau, der sich angewöhnt hatte, jeden Nachmittag nach Ladenschluss seiner Bäckerei bei uns vorbeizuschauen, um sich auf einen Plastikstuhl fallen zu lassen und seine Nase in unser Leben zu stecken, wollte diese Prügel feiern, indem er den Kunden Bier ausgab.

In der allgemeinen Aufregung beteiligte sich auch Sara an dem Umtrunk. Als ich sie so mit dem Glas in der Hand sah, wurde ich wütend. Ich malte mir automatisch aus, wie sie wohl reagieren würde, wenn sie erführe, dass ausgerechnet sie mich vor drei Jahren dazu gebracht hatte, Kontakt zu einem Mann zu suchen, dem sie jetzt die Pest an den Hals wünschte.

Als es Zeit zum Abendessen wurde, ließen wir das Rollgitter herunter, und alle gingen nach Hause. Unterwegs ahmten die Kinder Vittorios Gang und seine Grimassen nach; vor der Bar La Catanese saßen alte Männer an Tischchen und zerrissen sich das Maul über ihn.

Wir blieben kurz stehen, um einen Freund von Saras Vater zu begrüßen, und da verlor ich die Beherrschung: Ich wurde so laut wie nie zuvor und ergriff für Vittorio Partei: „Dieser ‚Perverse', wie ihr immer sagt, hat den Söhnen des halben Dorfs Klamotten gekauft!"

Niemand wagte es, mir zu widersprechen. Mein Schwiegervater verabschiedete sich, indem er seine Tochter auf die Stirn küsste. Anschließend ging er ohne das Wort an mich zu richten nach Hause, wobei er mich schräg von der Seite ansah, bis er um die Ecke gebogen war.

Noch am selben Abend, als Sara kochte, hatte ich das Bedürfnis, mir die Zeichnung anzusehen, die mir Alceo geschenkt hatte. Ich aß einen Teller Nudeln, trank eine halbe Flasche schlechten Wein, den uns irgendwer zur Einweihung geschenkt hatte, und als ich ausreichend betrunken war, sagte ich, dass ich mit ihr schlafen wolle.

Sara Reaktion bestand darin, mich erstaunt anzusehen. Sie bat um ein paar Minuten Zeit, sie wolle sich vorher noch frisch machen. Ich meinte, das sei nicht nötig und befahl ihr, sich aufs Bett zu legen.

Sie gehorchte wortlos. Ich macht ihr sofort klar, dass sie sich gar nicht erst auszuziehen brauchte. Ich zog ihr nur die Unterhose ein Stück runter, bestieg sie und begann mich rittlings an ihr zu reiben, den Blick zur Decke gerichtet.

Ich brauchte nur wenige Minuten. Nachdem ich gekommen war, hatte ich nicht mal mehr die Kraft zu kontrollieren, ob diese kranke Art, mit meiner Frau intim zu werden, ihr irgendeine Befriedigung gebracht hätte. Es genügte mir, ihr Gesicht zu betrachten. Überall Tränen und Spermatropfen, die bis aufs Kissen gespritzt waren.

In dieser Nacht schlief ich auf dem Sofa, bei laufendem Fernseher, während ein Arm ins Leere hing.

Am nächsten Tag bat ich Sara, sich um den Laden zu kümmern, ich sagte, ich müsse kurz weg, sei aber in wenigen Stunden wieder da. Sie nickte, schenkte sich Milchkaffee ein und tunkte einen Keks hinein.

Ich nahm den ersten Bus. Als ich in Scalupace, in Alceos Dorf, ankam, suchte ich fieberhaft nach der Stelle, wo er vor wenigen Tagen auf der Fahrt zum Meer gesagt hatte: „Hier wohne ich." Es war ein anonymes, dreistöckiges Mehrfamilienhaus. Ich fand es nach wenigen Minuten.

Es war ein ganz normaler Januartag, trotzdem schien die Sonne, als wäre es beinahe schon Frühling. Alceo war gerade erst aufgewacht, er trug eine alte graue Jogginghose, ein offenes Hemd und Frotteesocken, die ebenfalls grau waren, vielleicht auch bloß schmutzig.

„Komm rauf, ich mach dir einen Kaffee", rief er vom Balkon.

Sein Zimmer hatte blaue Wände. Ich setzte mich auf die Kante seines ungemachten Betts und schaute mich um. In einer Ecke stapelten sich jede Menge Bücher; eine Wand wurde von einer Weltkarte vereinnahmt; an einem Stuhl in der Zimmermitte lehnte ein unvollendetes Bild. Davor ein Aschenbecher und eine Dose mit Pinseln, deren Borsten nach oben zeigten.

Ich hörte ihn in der Küche hantieren, plötzlich fluchte er laut und jaulte auf. Er hatte sich am Tischbein den Zeh gestoßen. Als er wieder ins Zimmer kam, stellte er den Kaffee auf den Fußboden, zu den Pinseln, und setzte sich neben mich. Ohne den Schmutz weiter zu beachten, den seine Socken in der Wohnung aufgesammelt hatten, zog er den schmerzenden Fuß zum Mund, um am kleinen Zeh zu lutschen.

„Gestern Abend hab ich an dich gedacht", sagte ich.

„Und was hab ich da gemacht, in deinen Gedanken?"

„Nichts Besonderes, du warst einfach da."

Ich erzählte ihm von einem Erlebnis aus meiner Kindheit, das ich verdrängt hatte, und das mir erst bei Vittorios unerwarteten Besuch im Laden wieder eingefallen war: Als ich ihn in dem Zustand gesehen hatte, hinkend und mit eingegipstem Arm, war alles wieder da gewesen.

„In meinem letzten Jahr in der Mittelschule hatte ich mich mit einem Klassenkameraden, Achille, angefreundet. Er war der Sohn des Milchmanns, und alle zogen ihn wegen der Sommersprossen auf, die er von der Sonne im Gesicht bekam. Wir waren dreizehn. Eines Nachmittags hat er mich in der Metzgerei besucht. Mein Vater kannte ihn und seine Familie, deshalb ließ er uns gerne allein, um etwas zu erledigen. Ich nahm Achille mit ins Hinterzimmer, um ihm zu zeigen, wie ich trainierte. Er sah zu, wie ich auf die Schweinekadaver einboxte, und musste lachen. Da meinte ich, dass er es doch auch mal mit dem Boxen versuchen soll. Er zögerte keine Sekunde: Er stellte sich neben mich, und gemeinsam boxten wir auf das Schwein ein."

Ich trank einen Schluck Kaffee, um wieder zu Atem zu kommen.

„Nach einer Weile – ich weiß nicht mehr, wer damit anfing – begannen wir uns zu streicheln. So etwas hatte ich noch nie erlebt. Es gefiel mir. Ich streichelte seinen Hals, seine Brust, seinen Bauch, und er tat dasselbe bei mir. Während wir uns zwischen den Beinen berührten, drehte ich mich um und sah meinen Vater. Der gab mir eine so heftige Ohrfeige, dass ich stürzte. Achille rannte sofort weg, und ohne mich auch nur eines Blickes zu würdigen, machte mein Vater das Licht aus und befahl mir, mitzukommen.

Wir stiegen ins Auto, draußen war es dunkel. Wir erreichten den Schlachthof, er parkte und stieg aus. Ich folgte ihm mit angehaltenem Atem wie ein Hund. Er zerrte mich vor das Schweinegehege. Es war winzig, die Schweine lebten auf engstem Raum. Dann befahl er mir, ein Instrument in die Hand zu nehmen, das aussah wie eine Zange. Als ich es einschaltete, spürte ich den Strom."

Ich hielt kurz inne und atmete tief durch.

„Gegen Morgen war ich fertig."

Als ich zu Ende erzählt hatte, schaute ich aus dem Fenster. Gerade war ein Flugzeug vorbeigeflogen. Es standen nur wenige Wolken am Himmel und ein Vogelschwarm, jemand hörte lautstark Musik, und der inzwischen kalt gewordene Kaffee war auf dem Boden stehengeblieben, bei der Dose mit den Pinseln.

Von allen Fragen, die Alceo mir hätte stellen können, stellte er mir die, die ich niemals erwartet hätte.

„Hatte dein Freund wirklich so viele Sommersprossen?"

Am nächsten Morgen kehrte ich nach Bagnamurata zurück. Dort war die Hölle los.

Kaum dass er mich sah, stürze sich Saras Vater mit wild pochenden Halsvenen auf mich und ging mir an die Kehle. Er beruhigte sich erst wieder, als er sah, dass ich mich nicht wehrte.

Meine Schwiegermutter, ungekämmt und im Schlafanzug, brüllte, ich sei ein widerlicher Kerl.

Sara wagte es nicht einmal, mir ins Gesicht zu sehen. Sie saß auf dem Sofa und starrte ins Leere, während ihre Cousine ihr übers Haar strich.

Anscheinend hatte meine Frau ihren Eltern gestanden, dass wir nicht mal mehr im selben Bett schliefen, dass unsere Ehe eine einzige Farce war. Die Cousine, die zunächst stumm blieb, baute sich irgendwann energisch vor mir auf und fragte mich in krassem Dialekt, wo ich gewesen sei und vor allem mit wem. Erst da hob eine mit Medikamenten vollgepumpte Sara den Kopf und schaute mich an.

Mir rutschte eine lächerliche Entschuldigung heraus. Ich sagte, ich sei nach Scalupace gefahren, um nach einem Mann zu suchen, den ich vor einigen Tagen flüchtig gesehen und für meinen Vater gehalten hätte.

Ich bekam nicht die Möglichkeit, meinen Satz zu beenden. Die Mutter warf mir vor, eine Geliebte zu haben, eine Nutte in irgendeinem Dorf. Der Vater, der sich inzwischen abgeregt hatte, meinte, im Grunde tue ich ihm leid: Ich sei genauso ein Versager wie mein Vater. Die Cousine meinte, ich solle aufhören, das Opfer zu spielen, jeder wisse schließlich, dass sich mein Vater umgebracht habe, und ich sei bestimmt nicht der einzige Waise auf der Welt.

Ich hatte nicht die Kraft, dem etwas entgegenzusetzen.

Ich hatte die Nacht mit Alceo verbracht und war erschöpft. Am Nachmittag hatten wir eine Runde mit dem Motorroller gedreht und am Kiosk des verlassenen Strandes einen Kaffee getrunken. Als es dunkel war, waren wir nicht nach Hause zurückgekehrt, sondern hatten uns ein Zimmer in einem Hotel an der Schnellstraße genommen. Dieser anonyme Ort kam uns vor wie der schönste der Welt.

Am nächsten Morgen trug ich seine Unterhose und er meine Socken. Während er schlief, hatte ich in seinem Skizzenheft geblättert und mein Gesicht auf allen Zeichnungen erkannt, die er die letzten Tage gemacht hatte.

Wenige Stunden später stand ich den Verwandten meiner Frau gegenüber und fand sie nur noch lächerlich. Ich schaute mir ihren Vater an, der voller Mehlstaub war, ihre Mutter mit den Teddy-Pantoffeln und diese überparfümierte, viel zu stark geschminkte Cousine, und musste einfach nur laut lachen.

Türenknallend verließ ich die Wohnung.

Ich ging zum Tabakladen, kaufte Bleistift und Block und kehrte an meinen Geheimplatz in den Bergen zurück. Kaum war ich da, begann ich zu zeichnen. Nachdem ich Alceos Skizzen gesehen hatte, hatte ich mir in den Kopf gesetzt, ebenfalls ein Künstler zu sein.

Schon bald musste ich mir eingestehen, dass ich überhaupt nicht zeichnen konnte. Nachdem ich durch die Berge gestreift war, kehrte ich noch am selben Abend nach Hause zurück und entschuldigte mich bei meiner Frau.

Nach wie vor mit Medikamenten vollgepumpt, fand Sara den Mut, ihrer Mutter zu sagen, sie solle nach Hause gehen statt sich in unsere Angelegenheiten einzumischen.

Kaum waren wir allein, ging ich neben ihr in die Hocke und strich ihr übers Haar.

„Ich habe Angst gehabt", sagte sie.

„Wovor?"

„Dass du für immer gegangen bist, genau wie dein Vater."

„Hältst du das denn für möglich?"

„Ja."

„So etwas hätte ich nie getan."

„Wo warst du?"

„Bei einem Freund."

„Wo?"

„Wir waren unterwegs."

„Mit welchem Freund?"

„Den kennst du nicht."

„Der mit der Zeichnung?"

„Ja."

„Und was habt ihr gemacht?"

„Wir haben was getrunken. Ich wollte nicht betrunken nach Hause kommen, deshalb bin ich weggeblieben."

„Du fasst mich nie an, nicht mal mit dem kleinen Finger, du hast keine Augen für mich. Für dich existiere ich gar nicht."

Ich dachte an das Hotelzimmer, in dem ich mit Alceo gewesen war.

Sara begann zu weinen, ich drückte sie fest.

„Du kannst nichts dafür, es ist meine Schuld, alles meine Schuld. Aber das ist jetzt vorbei, das versprech ich dir. Morgen früh stehen wir gemeinsam auf, frühstücken und gehen in den Laden. Alles wird wieder so wie vorher."

Ich betrachtete unser Spiegelbild in der Mattscheibe des ausgeschalteten Fernsehers und schämte mich für die Lügen, die ich da von mir gab.

Ich wartete, bis ich sie schnarchen hörte, dann stand ich auf, griff zu dem Block und riss die Seiten mit den Zeichnungen raus, die ich in den Bergen gemacht hatte.

Ich blieb die ganze Nacht wach und massierte mir die schmerzenden Muskeln, denn wir hatten uns bis zur Erschöpfung geliebt.

Es dauerte ein paar Tage, aber dann wurde alles mehr oder weniger so wie vorher. Ich traf mich weiterhin heimlich mit Alceo. Inzwischen hatte Sara begriffen, dass es da noch jemanden in meinem Leben gab, auch wenn wir meine kleinen Fluchten, zu denen es zumindest anfangs erst nach dem Abendessen kam, nie näher benannten. Doch mit der Zeit wurde meine Sehnsucht nach ihm so groß, dass ich auch am helllichten Tag das Dorf verließ, ohne jede Rücksicht auf sie, den Laden oder die Konsequenzen.

Eines Morgens hörte ich sie hinter der Badezimmertür schluchzen. Wir waren einander so fremd, dass es mich schon verlegen machte, sie zu fragen, was sie so verstöre. Also klopfte ich schüchtern gegen die Tür und sagte, ich gehe schon mal in den Laden. Kurz hörte sie auf zu weinen. Kaum entfernte ich mich, weinte sie umso lauter.

Mittags fand sie den Mut, mir den Grund für ihre Verstörung zu nennen: Sie habe ihre Tage bekommen. Ich fragte mich, wie verzweifelt sie sein musste, um es tatsächlich für möglich zu halten, schwanger zu sein, nur weil ich auf ihr masturbiert hatte.

In diesem Moment hätte ich sie gern umarmt, ließ es aber bleiben. Ich wusste genau, dass ich sie nicht liebte, sie nie geliebt hatte. Und zum ersten Mal kam sie mir irgendwie verrückt vor.

Ich heuchelte Verzweiflung, aber das war bloß ein Vorwand, um das Haus zu verlassen. Ich fuhr nach Scalupace zu Alceo, und verbrachte die Nacht mit ihm. Als ich am nächsten Tag im Morgengrauen nach Bagnamurata zurückkehrte, erwartete mich schon die nächste Katastrophe. Lias Erdgeschosswohnung war in die Luft geflogen.

Für Saras Eltern war das nur ein weiterer Grund, mir vorzuwerfen, eine ganze Nacht weggewesen zu sein. Inzwischen dürfte allen klar gewesen sein, dass ich ein Doppelleben führte. Als meine Frau meine Rückkehr bemerkte, kam sie mir schon entgegen und umarmte mich, sagte, ich solle mir keine Sorgen machen, ihr sei schließlich nichts passiert – allerdings eher um ihre Familie zu beruhigen als vor Wiedersehensfreude.

Doch als wir allein waren, begann sie mir auf die Nerven zu gehen. Sie zitterte und sagte, es sei ihre Schuld, dass Lia gestorben sei: Sie sei fest davon überzeugt, vom bösen Blick getroffen zu sein, schließlich könne sie nicht schwanger werden, und da habe sie sich an die alte Frau gewandt.

Lia, inzwischen fast vollständig blind, hatte ihre Befürchtungen bestätigt und sie gebeten, ihr ein Kleidungsstück zu bringen, das sie als Neugeborene getragen habe. Sara hatte dann ein winziges, verblichenes Stück Stoff geholt und es ihr gegeben.

An diesem Abend hatte Lia nach einem Ritual ein Streichholz unter dem Lappen angezündet, die Flammen aber nicht mehr unter Kontrolle gebracht. Die waren im Kontakt mit dem Stoff aufgelodert und hatten sie bei lebendigem Leib verbrannt. Als das Feuer die Gaskartusche in der Küche erreicht hatte, war die Wohnung in die Luft geflogen.

Wäre die Kartusche nicht explodiert, deren Knall das ganze Dorf geweckt hatte, so die Feuerwehr, hätte es eine noch viel schlimmere Tragödie geben können.

Ich ermahnte meine Frau, niemandem von dem Stück Stoff und dem bösen Blick zu erzählen, um keine Gerüchte in die Welt zu setzen. Daraufhin bat sie mich, niemandem zu sagen, dass ich in dieser Nacht nicht zu Hause gewesen war. Als wüssten ihre Familie und ganz Bagnamurata nicht längst Bescheid! Mein Herz zog sich schmerzhaft zusammen.

Dann gab sie mir einen kleinen Umschlag mit meinem Namen drauf. Darin befand sich, geschützt durch mehrere Blatt Papier, ein Kinderfoto von mir, das ich noch nie gesehen hatte.

„Das hat mir Lia vor zwei Tagen gegeben", sagte Sara. „Sie hat es in einer Schublade aufbewahrt. Sie meinte, sie brauche es nicht mehr zu behalten, sie sehe ohnehin nichts mehr. Schau dich doch nur mal an, Biagio, was für ein schönes Kind du warst! Wieso möchtest du kein Kind machen, das dir ähnlich sieht?"

Ich betrachtete das Foto und begann zu weinen. Es war am ersten Schultag der fünften Klasse aufgenommen worden. Ich trug einen dunklen Kittel mit weißem Kragen, meine Haare waren gelockt. In der Hand hielt ich einen Plastikbaustein.

In dem Umschlag befanden sich auch einige Seiten aus dem Buch über die griechischen Statuen. An jenem Morgen vor langer Zeit, als Elsa es zurückgefordert hatte, hatte ich mich im Bad versteckt und es geschafft, die Bilder der Statuen, die mir am besten gefielen, herauszureißen und sie in meiner Unterhose zu verstecken. Dann war ich zu Lia geflohen und war dort eingeschlafen, wobei ich sie fest umklammerte.

Ich war dermaßen verstört, dass ich sie beim Aufwachen ganz vergessen hatte. Lia hatte sie auf dem Sofa gefunden und in den Umschlag gesteckt. Den hatte sie dann zusammen mit dem Foto meiner Frau gegeben, nachdem sie ihr alles erzählt hatte.

Das Foto ließ ich mehrere Tage an eine Vase gelehnt im Wohnzimmer stehen. Die Worte meiner Frau enthielten eine nicht zu leugnende Wahrheit: Ich war ein schönes Kind gewesen, bevor ich der unglückliche Erwachsene von heute wurde.

Ich behandelte Sara immer schlechter. Alles an ihr ging mir auf die Nerven. Ihre Anwesenheit, die Art, wie sie mich ansah, die Unzufriedenheit in ihrem Blick, wenn sie nicht bekam, was sie von mir wollte.

Als Reaktion darauf begann sie sich aufreizend zu kleiden, um mich zu verführen. Irgendjemand, eine Freundin vielleicht oder eine Cousine, hatte ihr in den Kopf gesetzt, es sei ihre Schuld, wenn wir keinen Sex mehr hatten.

Um die Aufmerksamkeit, die ich ihr entzogen hatte, erneut auf sich zu ziehen, fing sie an, schmutzige Sachen zu sagen. Eines Abends, wie saßen gerade auf dem Sofa, rieb sie sich an mir wie eine rollige Katze. Irgendwann steckte sie mir den Kopf zwischen die Beine. Daraufhin stieß ich sie zu Boden und begann zu brüllen wie mein Vater früher: Ich befahl ihr, sich abzuschminken und ihren Schlafanzug anzuziehen, wenn ich sie in diesem Aufzug sehe, werde mir ganz schlecht.

Sie begann zu weinen, sagte, sie wisse nicht mehr, was sie tun solle. Von diesem Abend an schlief ich auf dem Wohnzimmersofa, ich trug Kopfhörer, die ich mit dem Fernseher verbunden hatte, bei voll aufgedrehter Lautstärke, nur um mich zu betäuben.

Die einzig schönen Momente waren die mit Alceo: Die Runden mit dem Motorroller. Das Eisessen. Seine vom Graphitstaub dunklen Fingerkuppen. Unser Hotelzimmer mit den weißen Wänden und dem einzigen Fenster zur Straße.

Eines Nachmittags, wir lagen gerade schweißnass im Bett, schaute er mir in die Augen und wischte mir einen Tropfen weg, der über dem linken Auge hängen geblieben war. Nachdem er ihn befreit hatte, rollte er mir über die Wange wie eine Träne.

„Lass uns abhauen", sagte er abrupt.

Träge drehte ich mich zu ihm um.

„Wie bitte?"

„Lass uns von hier abhauen."

„Und wohin bitteschön?"

„Keine Ahnung", seufzte er. „Nach Amerika."

„Und warum sollte ich nach Amerika gehen? Ich kann doch nichts."

Er stand auf und trat ans Fenster.

Ich versuchte zu lachen. „Das einzige Mal, als ich von hier weggegangen bin, habe ich rein gar nichts erreicht."

„*Hier* erreichen wir rein gar nichts, Biagio. Schau nur, wie hässlich dieser Ort ist. Dieser Landstrich, dieses Zimmer – alles hier ist dem Untergang geweiht."

„Und ich möchte mit diesem Zimmer untergehen."

„Wenn du mich liebst, geh mit mir."

„Du musst bleiben! Mich gibt es nur hier und nirgendwo sonst."

Alceo wirbelte wütend zu mir herum.

„Manchmal redest du wirklich schon genau wie sie", warf er mir vor. „So als hätten wir es nicht verdient, glücklich zu sein. Wie soll ich unter diesen Leuten malen? Alle gehen weg. Hier werde ich niemals entdeckt werden."

„Und warum sollte man dich entdecken?"

„Ich will leben, ich will frei sein."

„Sobald die Leute wissen, dass es dich gibt, lassen sie dich nicht mehr in Ruhe. Das ist keine Freiheit."

Er lachte verächtlich auf und setzte sich ans Fußende.

„Wenn man seine Träume verwirklichen will, ist man nun mal auf andere angewiesen. Ich will Maler werden und der Welt zeigen, was ich kann. Ich will meine Bilder in Museen, in Galerien ausstellen. Ich möchte in die Zeitung kommen."

Nach diesen Worten näherte er seinen Mund meinem Knie, um es zu küssen. Instinktiv wich ich aus, doch weil meine Bewegung so abrupt war, knallte ich gegen seine Lippe, die zu bluten begann.

So sah unser Abschied aus.

Seit diesem Tag dürften zwanzig Jahre vergangen sein. Immer wieder denke ich daran zurück, wie ich mich als Kind hinter der Badezimmertür versteckt und meinem Vater nachspioniert habe, ohne selbst zu wissen, warum ich so etwas Abartiges tat. Ich bin zu dem Schluss gelangt, dass ich einfach bloß wahrgenommen werden wollte. Das wäre zwar erniedrigend gewesen, hätte aber bewiesen, dass es mich gab.

Alceo ging wenige Tage nach unserer letzten Übernachtung in dem Hotel an der Schnellstraße fort. Der Sommer hatte gerade erst angefangen. Er rief mich eines Abends an, um mir zu sagen, er wolle eine Verwandte im Norden besuchen und sei vor Mitte August zurück. Wir sollten uns nie mehr wiedersehen.

Eines Morgens im Herbst nahm ich den Bus nach Scalupace. Ich klingelte bei ihm, aber es machte niemand auf. Ich schleppte mich bis zur Spielhalle, wo ich ihn hatte Billard spielen sehen. Ich bestellte dieselbe Kaffeelimo, die er immer trank. Gegen Mittag kehrte ich zu seiner Wohnung zurück und wartete, bis seine Mutter vom Kindergarten kam. Ich stellte mich als ein Freund ihres Sohnes vor, sie lächelte und sagte, Alceo sei fortgezogen und komme eventuell nächsten Sommer zurück. Bevor wir uns verabschiedeten, schrieb sie mir noch eine Adresse auf einen Zettel. Es war eine amerikanische Adresse.

Auf der Heimfahrt zerriss ich ihn. Ich fühlte mich verraten. Ich ging zu meinem von Bäumen geschützten Platz in den Bergen. Ich setzte mich an den Rand der Schlucht und schaute in die Tiefe bis auf ihren Grund, ließ meine Beine ins Leere baumeln.

Mein Vater hat nie wieder etwas von sich hören lassen. Im

Dorf gab es im Lauf der Zeit alle möglichen Gerüchte: Er sei von den Zigeunern ermordet worden. Er habe sich ertränkt und sei von den Fischen gefressen worden. Er lebe heimlich woanders. Irgendjemand unterstellte sogar, ich sei der Einzige, der wisse, wo er sei.

Lange malte ich mir aus, in den Zug zu steigen und nach ihm zu suchen. Die ganze Sache trieb mich fast in den Wahnsinn, aber irgendwann begriff ich, wie absurd die Idee war, so ganz ohne Anhaltspunkte.

Mit der Zeit wurde der Schmerz so heftig, dass ich mir mehr als einmal wünschte, von einem Raser überfahren und schwer verletzt zu werden, nur um mit einem neuen Schmerz weiterleben zu können, der den namenlosen in jeder Faser meines Körpers auslöschen würde.

Anders als gedacht, war es nicht weiter schwer, das Aussehen meines Vaters zu vergessen. Aber es war seine Stimme, die mich quälte, eine Stimme, die er kaum verwendet hatte, die ich nach seinem Verschwinden aber ständig hörte, sogar von den streunenden Hunden, die mitten in der Nacht bellten.

Vor ein paar Jahren besuchte er mich ein letztes Mal im Traum. Er hatte eine Frau auf dem Schoß, vielleicht meine Mutter, und schenkte mir dasselbe Lächeln wie am letzten Tag, als ich ihn vor dem Hollywood gesehen hatte. Ich wachte mit Tränen in den Augen auf und bat meine Frau, mir eine heiße Milch mit Honig zu machen. Dann verließ ich die Wohnung und lief durchs Dorf, das gerade erst aufwachte.

Während sich das alte Bagnamurata durch die Überschwemmungen aufgelöst hatte, löste sich das neue Dorf auf, weil es keinerlei Daseinsberechtigung besaß – für niemanden. Die Läden in der Via dei Cigni hatten einer nach dem anderen zugemacht, inzwischen waren wir nur noch ein Ortsteil von Calumonte.

Das einzige Kino war pleite, und die Söhne der Besitzer des La Catanese hatten die Bar nach dem Tod ihrer Eltern an einen Typen verkauft, der ein Putzmittelgeschäft daraus gemacht hatte. Die Familie des Zeitungsladenbesitzers war nach Norden gegangen, so wie viele andere Dorfbewohner, die anderswo ihr Glück suchten.

Das Hollywood wurde abgefackelt. Irgendjemand im Dorf behauptete, der Besitzer habe das Feuer selbst gelegt, um das Geld von der Versicherung zu kassieren. Und Vittorio fing sich eines Abends so viele Prügel ein, dass auch er fortgehen musste.

Unser Wurstwarenladen ging zwölf Jahre nach der Eröffnung pleite, wegen eines neuen Einkaufszentrums am Dorfrand, für das die Sozialwohnungen abgerissen worden waren.

Das Ende des Dorfes war auch mein Ende. Ich habe immer gewusst, dass ich die junge Frau im weißen Kleid auf meinem Hochzeitsfoto nie glücklich machen würde. Keine Ahnung, warum ich Sara geheiratet und mir eingeredet habe, sie lieben zu können. Vielleicht fühlte ich mich dermaßen als Versager, dass ich sie mit ins Unglück reißen wollte, nur um mich weniger einsam zu fühlen.

Eines Tages sagte sie mir ins Gesicht, dass ich ein Versager sei, dass sie kein einziges Mal mit mir gelacht habe.

Ich erwiderte, dass das nicht stimme: In Neapel hätten wir gelacht. Sie meinte, sie habe nur so getan, als sei sie glücklich, wie immer seit sie mich kenne.

Nachdem wir das Rollgitter des Wurstwarenladens für immer heruntergelassen hatten, unterstützten uns ihre Eltern anfangs noch finanziell. Doch als der Druck wuchs, beschloss ich das Einzige zu tun, was ich konnte. Ich kehrte in den Ring zurück.

Ich wurde nicht der Champion, für den ich mich immer gehalten hatte. Nachdem mein Trainer in Calumonte seinem Sohn hinterhergezogen war, der nun in einer größeren Stadt als Rausschmeißer für eine Diskothek arbeitete, fand ich einen windigen Typen, der mich überredete, Aufbaugegner zu werden. So heißen die Boxer, die nur dazu da sind, zu verlieren, um die anderen groß zu machen.

Ich wurde mit meinem Spitznamen „Der Metzger" angekündigt, und kaum stand ich im Ring, begann ich wie von Sinnen zu fluchen. Ich brüllte, spuckte auf den Boden, tat so, als drehte ich durch und bekäme einen Tobsuchtsanfall.

Ich wurde so was wie ein Freak. Ich begann, mein Gesicht zuzutätowieren wie ein Monster, das gezwungen ist sich zu verstecken. Ich verdiente fünfzigtausend Lire pro Kampf und hielt vier, fünf Runden durch. Musste ich in der ersten Runde zu Boden gehen, verlangte mein Trainer das Doppelte. Er war es, der sich um diese Dinge kümmerte. Er hieß Rosario, stammte aus Nidiace, lebte von schmutzigen Geschäften und kleinen Deals und machte mich zu einer seiner zahlreichen Betrügereien.

Als er verhaftet wurde, begann ich mich selbst zu managen. Man buchte mich für Kämpfe auf immer armseligeren Volksfesten. Wenn ich dann nach Hause kam, ließ ich Sara meine Wunden versorgen. Anschließend setzte ich den Kopfhörer auf, machte es mir auf dem Sofa bequem, stellte den Fernseher auf volle Lautstärke und schlief ein.

Ihre Eltern redeten nicht mehr mit uns. Sie meinten, ich sei einfach nur bemitleidenswert und sie eine Frau, die sich freiwillig ruiniere. Ich fragte sie mehr als einmal, warum sie nicht zu ihrer Familie zurückziehe. Eines Tages sagte ich ihr sogar, sie sei superhässlich, ihr Cousin habe recht gehabt, ihr Gesicht zu bedecken, während er sie vergewaltigte. Sie brach in Tränen aus, während ich wie immer rein gar nichts empfand.

Mit der Zeit vergaß ich, was es bedeutet, etwas zu empfinden, Gefühle zu haben. Die Gesichtsmuskeln, mit denen man lacht, sind inzwischen wie erstarrt.

Ich fand noch einen Job, wurde Metzger an der Fleischtheke des Einkaufszentrums. Ich bekam einen Hungerlohn, konnte aber von Glück sagen, überhaupt eine richtige Arbeit zu haben.

Als sich ein paar Kunden, die sich vor meinen Tattoos fürchteten, beschwerten, wurde ich ins Hinterzimmer versetzt, wo mich niemand sehen konnte.

So schloss sich der Kreis: Ich kehrte dorthin zurück, wo ich angefangen hatte.

Irgendwann, Jahre nach seinem Verschwinden, bekam ich einen Brief von Alceo. Er war in Amerika aufgegeben worden. Er erzählte mir von seinem Studium, von amerikanischen Bürgersteigen, die so breit waren wie die Straßen unserer Dörfer, davon wie riesig alles sei, sogar die Coca-Cola-Flaschen.

Er schrieb etwas, was ich bei näherer Betrachtung für richtig halte, nämlich dass das, was wir für Glück halten, bloß winzige Momente in unserem Leben sind, ein paar Stunden, höchstens Tage, mehr steht uns nicht zu, da wir ansonsten dafür büßen müssen, die Erde überzubevölkern. Dann schilderte er mir eines seiner Bilder, das von einem wichtigen Museum angekauft worden war. Es hieß *Selbstbildnis mit einem jungen Mann aus Bagnamurata* und zeigte einen Jungen mit rotem Tanktop, grauen Jogginghosen und grünen Socken, der sich an einen anderen mit grünem Pulli, rosa Hose und dunklen Socken lehnte.

Es war nicht weiter schwer, uns beide darin zu erkennen: Obwohl wir uns gegenseitig umschlangen, schauten wir in verschiedene Richtungen.

Ich reagierte nicht auf seinen Brief. Ich zerriss ihn zusammen mit der Zeichnung, die er mir gewidmet hatte.

Alceo schrieb mir nie wieder.

Dann, eines Abends vor wenigen Jahren, sah ich zufällig Vittorio wieder. Ich erkannte ihn im Publikum auf dem Marktplatz von Scalupace, als ich gerade in den Ring stieg. Ich fand, dass er stark gealtert war, er hatte nur noch wenig Haare. Seine verkümmerte Hand erinnerte mehr denn je an die eines Skeletts, an einen nackten Zweig. Nach dem Kampf bahnte er sich einen Weg zwischen den wenigen Neugierigen hindurch, um mich zu begrüßen.

Er sah mir in die Augen und sagte, mein Blick sei zwar von Tätowierungen verborgen, aber immer noch derselbe. Er fragte, ob ich Lust auf ein Bier hätte. Ich schaute auf die Uhr. Der letzte Bus nach Bagnamurata würde in Kürze abfahren. Er meinte, er habe ein Auto, also setzten wir uns in eine Bar.

Er sagte, es habe ihm leid getan, mich verlieren zu sehen. Ich erklärte ihm, dass es genau so gelaufen war, wie es hatte laufen sollen, dass ich fürs Verlieren bezahlt wurde.

„Ich erinnere mich noch gut daran, als ich dich das erste Mal gesehen habe, damals vor dem Hollywood. Du warst ein Junge voller Pickel. Was dir passiert ist, tut mir sehr leid."

Ich wusste noch genau, wie ich am Hollywood vorbeigegangen war und ihn in Frauenkleidern gesehen hatte. „Ich war noch jung und wollte Champion werden."

„Mit jemandem wie Bruno als Vater ..." Er seufzte. Dann nahm er einen Schluck Bier und erzählte mir etwas, wovon er dachte, ich wüsste es längst, „denn im Dorf haben es stets alle gewusst, auch deine Frau, aber niemand hat je den Mut gehabt, es dir zu sagen."

An diesem Abend erfuhr ich, dass ich nicht der Sohn meines

Vaters war. Und dass meine Mutter, als sie bei dem Autounfall ums Leben kam, mit meinem Onkel Biagio unterwegs gewesen war. Sie waren in einen Laster hineingefahren und beide auf der Stelle tot.

Ich brauchte ein paar Minuten, bis ich die Bedeutung seiner Worte erfasste. „Was hat mein Onkel Biagio damit zu tun?"

„Bruno ahnte von nichts, aber als man ihn anrief, wusste er Bescheid. Und von da an wurde er immer verbitterter. Den Vaterschaftstest, um zu erfahren, ob du wirklich sein Sohn bist, wollte er damals nicht machen. Denn wie er immer wieder sagte: Wäre er sich sicher gewesen, dass du Biagios Sohn bist, hätte er dich umgebracht. Er machte den Test erst, als du achtzehn wurdest. Und erfuhr, dass mit seinem Blut was nicht stimmt. Anschließend ist er verschwunden."

Vittorio näherte sich dem Glas, nahm einen Schluck, wischte sich den Schaum vom Mund und schaute mir direkt in die Augen.

„Er hat mich oft besucht. Dann hat er sich gesetzt und mir alles erzählt. Wir kannten uns von klein auf, waren zusammen in der Grund- und Mittelschule. Er wollte bloß reden, hatte sonst niemanden. Er war schon immer aufbrausend, aber nach dem Tod deiner Mutter kam er gar nicht mehr zur Ruhe. Er hat keine Sekunde seines Lebens genossen. Er sprach oft von dir. Er hat dich geliebt, wenn auch auf seine Art. Wenn einer nur auf eine kranke Art lieben kann, dann kann man nichts machen. Er konnte einfach nicht akzeptieren, sich um einen Sohn kümmern zu müssen, der nicht von ihm war und ... na ja, so wie du."

In diesem Moment versuchte Vittorio, meine Hand zu drücken, die ich jedoch rasch wegzog. Er räusperte sich und suchte nach den richtigen Worten, um das Gespräch fortzusetzen.

„Er war einfach nicht in der Lage, dich zu verstehen. Ich weiß nicht, wo er heute ist. Ob er noch lebt, ob er tot ist. Aber ich weiß, dass Menschen wie wir niemals in Frieden leben werden. Vielleicht ändert sich das ja irgendwann mal."

Ich starrte lange schweigend ins Leere, dachte über das nach, was er mir gesagt hatte. Als ich aufstand, um zu gehen, packte mich Vittorio am Arm und suchte meinen Blick.

„Nur ein einziges Mal", flehte er mich an.

Wir gingen auf eine von Bäumen geschützte Wiese. Nachdem ich in seinem Mund gekommen war, wischte er sich das Gesicht ab und ließ sich wieder aufhelfen. Ich sah, wie er die Hand in die Hosentasche steckte. Er holte ein paar Scheine und Münzen hervor. „Mehr hab ich nicht", sagte er.

Wenn ich das richtig sah, hätte ich Sara von diesem Geld eine Packung Zigaretten und mir ein paar Bier kaufen können.

Ich schaute auf die Uhr, inzwischen war es drei Uhr früh. Bevor er ging, fragte er, ob er mich wirklich nicht mitnehmen solle.

„Ich kann dich am Dorfrand absetzen."

„Das passt schon", erwiderte ich.

Ich verabschiedete mich und lief dann auf dem inzwischen verlassen daliegenden Marktplatz von Scalupace hin und her. Als es zu nieseln begann, stellte ich mich an der Haltestelle des Busses unter, der mich in wenigen Stunden wieder nach Bagnamurata bringen würde.

Während ich wartete, sah ich die Blitze eines Gewitters, das noch ein paar Kilometer entfernt war. Zum Zeitvertreib dachte ich mir ein Spiel aus: Ich musste die Augen schließen, bis ich in der Ferne ein Donnern hörte, dann durfte ich sie erst öffnen, wenn ich einen Blitz am Himmel vermutete. Doch ich scheiterte kläglich, sah nicht mal einen einzigen.

Als es Tag wurde, fragte ich mich, woraus wohl ein Blitz besteht. Ich empfand fast so etwas wie Neid auf diese beängstigende, beeindruckende, wenn auch nur kurz währende Naturgewalt, die ganz plötzlich auftritt, zwar nur Sekundenbruchteile dauert, aber dennoch so eine gewaltige Entladung hervorbringen kann.

Kurz vor sieben kam der Bus. Ich stieg ein und fuhr wieder nach Hause.

Anmerkung der Übersetzerin

Passend zur Zeit und dem Milieu, in dem der Roman spielt, werden Begriffe verwendet, die rassistisch, homophob, ja generell diskriminierend sind.

So gibt es außerhalb des Ortes eine Siedlung, in der *zingari* leben, mit denen der Vater des Protagonisten in Konflikt gerät.

An anderen Stellen wird für eine Transperson, die später wegen ihrer Diversität fast zu Tode geprügelt wird, der Begriff *perverso* verwendet.

Der Protagonist selbst, der an einer kognitiven Störung leidet, wird von seiner Umgebung abwertend als *idiota* oder als *ritardato* bezeichnet.

Es handelt sich hier um Figurenrede – um die Sprache von Menschen, die abfällig über diejenigen sprechen, die noch randständiger sind als sie selbst.

In der Erzählwelt des Romans trägt diese sprachliche Gewalt maßgeblich dazu bei, die Lebensrealität in einem kalabrischen Dorf der 1970er bis 1980er Jahre zu beschreiben, die der Autor aus persönlicher Erfahrung kennt.

Im Einvernehmen mit Maurizio Fiorino und dem Verlag habe ich mich deshalb dafür entschieden, die oben genannten Begriffe und ähnliche Ausdrücke sprachlicher Diskriminierung bzw. Gewalt nah am Original zu übersetzen.

Christiane Burkhardt

Inhaltsverzeichnis

Autor

©Maurizio Fiorino

Maurizio Fiorino wurde 1984 in Crotone geboren. Nach einer turbulenten Kindheit in Kalabrien zog er erst nach Bologna, um dort den Diplomstudiengang Kunst, Musik und Theater zu absolvieren, dann nach New York, wo er am *International Center of Photography* Storytelling studierte. Er hat in verschiedenen amerikanischen Galerien ausgestellt und war fast zehn Jahre Teil der New Yorker Kunstszene. 2014 erschien sein Debütroman *Amodio,* zwei Jahre danach *Fondo Gesù.* Bei e/o veröffentlichte er *Ora che sono Nato* (2019) und *Macello* (2021). Als gefragter Feuilletonist hat er Artikel für *The Guardian, La Lettura, L'Espresso, Il Venerdì* und *Il Foglio* verfasst. Derzeit schreibt er für die Kulturseiten von *La Repubblica, Robinson* und *D.*

Übersetzerin

© Jutta Burkhardt

Christiane Burkhardt, geb. 1966, lebt und arbeitet in München. Sie studierte Italienische Literaturwissenschaft, Neuere Deutsche Literatur und Kunstgeschichte und arbeitete als Lektorin, bevor sie sich vor über 20 Jahren mit *textkontor* selbstständig machte. Sie übersetzt aus dem Italienischen, Niederländischen und Englischen, u. a. Paolo Cognetti, Fabio Geda, Paolo Di Paolo, Domenico Starnone, Bregje Hofstede, Wytske Versteeg und Ayesha Harruna Attah.

Zuletzt im *nonsolo* Verlag erschienen:

LORENZO AMURRI
Bis ich wieder atmen konnte
Autobiografischer Roman
Aus dem Italienischen von Ruth Mader-Koltay

Ausgezeichnet mit dem Literaturpreis der Europäischen Union 2015 und Finalist des Premio Strega 2013

Sex, Drugs & Rock'n Roll – so lautet das Motto des passionierten Musikers und Sportlers Lorenzo, bis ihn mit 26 Jahren das Schicksal einholt: Bei einem Skiunfall verletzt er sich an der Wirbelsäule und ist querschnittsgelähmt. Fortan ist er an den Rollstuhl gefesselt und von seinem alten Ich bleibt kaum etwas übrig. Nach langen, schmerzhaften Monaten in einer Reha-Klinik beschließt er, sich selbst eine letzte Chance zu geben, und kämpft sich zurück ins Leben. Wie nach einem langen Tauchgang kann er endlich wieder Luft holen. Amurris autobiografischer Roman ist atemberaubend intensiv. Kristallklar und schonungslos, flüssig im Stil und emotional zutiefst ergreifend, lässt er uns mit dem Protagonisten leiden, hoffen, aber auch lachen. Wie ein Sog, der uns dieses Buch kaum aus der Hand legen lässt.

Wie Lorenzo Amurri erzählt, ist nie rührselig oder gefühlvoll überladen. Es ist klar und wahr und das nimmt einem beim Lesen manchmal die Luft.

CHRISTINE WESTERMANN, *WDR2-Lesen (im Gespräch mit Marco Schreyl)*

Auch als E-BOOK erhältlich.

Co-funded by the European Union

LISA GINZBURG

Carapax

Roman

Aus dem Italienischen von Stefanie Römer

Finalist des Premio Strega 2021

„Wir spielten ‚Lieblingstier': Nina war der Jaguar, ich die Schildkröte..."
Eine Mutter, die einfach verschwindet, ein Vater, der sich elegant aus der Verantwortung stiehlt. Zwei Schwestern so unterschiedlich wie Sonne und Mond, untrennbar miteinander verbunden durch eine große schmerzhafte Leere, die sich durch ihre Kindheit und Jugend zieht und tiefe Wunden hinterlässt. Maddi ist schüchtern, zurückhaltend, vernünftig; Nina bildschön, launisch, egozentrisch. Rollen, die ihnen das Drehbuch einer permanenten Abwesenheit bis ins Erwachsenenalter hinein zugeteilt hat, obwohl beide mittlerweile auf unterschiedlichen Kontinenten leben. Doch manchmal bedarf es erst eines Wiedersehens mit den Orten der Vergangenheit, um sich endgültig aus alten Fesseln zu befreien und zu erkennen, dass wahrer innerer Friede keinen Panzer braucht.

Mit Carapax *setzt der Freiburger* nonsolo *Verlag seine Erfolgsgeschichte, italienische Gegenwartsliteratur in Deutschland bekannt zu machen, auf beeindruckende Weise fort.* BETTINA SCHULTE, Badische Zeitung

Auch als E-BOOK erhältlich.

Co-funded by the European Union

www.nonsoloverlag.de
info@nonsoloverlag.de

9 783947 767113